VIVRE SE CONJUGUE AU PRÉSENT

A.G. ROEMMERS

Traduit de l'espagnol (Argentine)
par Martine Desoille

City
Roman

Publié en espagnol (Argentine) sous le titre *Vivir se escribe en presente*.
Couverture: D.R.

ISBN : 978-2-8246-1830-2
Code Hachette : 39 4459 6

Collection dirigée par Christian English & Frédéric Thibaud
Catalogues et manuscrits : city-editions.com

Dépôt légal : Mars 2021

VIVRE SE CONJUGUE AU PRÉSENT

Parce qu'elle m'a toujours encouragé
à écrire un roman,
À Esther de Izaguirre,

IN MEMORIAM.

Le bonheur n'est pas ailleurs,
ni dans un autre temps,
il est ici et maintenant.

WALT WHITMAN

De la même façon que tu plantes un arbre
sans chercher à savoir si tu pourras profiter
de son ombre, offre ton amour sans te demander
si tu pourras profiter de ses fruits.

A. G. R.

PARTIE 1

1

Il y a des jours où le temps suspend sa course. Obstiné, il refuse d'avancer vers le soir ou de revenir en arrière, vers les souvenirs passés. Il se tient là, simplement, figé et immobile comme l'eau d'une rivière gelée.

Ce mardi-là, Fernando eut cette sensation de temps qui s'arrête, alors qu'il se rendait à l'épicerie avec la liste de courses qu'Alexia lui avait donnée. Par chance, il n'y avait pas foule. Il commençait à remplir son panier avec les articles demandés, quand il sentit vibrer son portable. Il jeta un coup d'œil à l'écran. Incroyable ! C'était le numéro de Tute, le coup de fil qu'il attendait depuis un an exactement, sans plus y croire. Mais les histoires de couple, ça n'est pas le genre de choses dont on discute au supermarché, songea Fernando. Il décida de ne pas répondre et d'attendre d'être rentré chez lui, au calme.

— Que personne ne bouge ! hurla une voix depuis l'entrée du magasin. Jetez vos portables à terre !

Par-dessus une rangée de boîtes de conserve, Fernando aperçut trois hommes encapuchonnés, dont l'un pointait une arme sur le caissier coréen, paniqué, et les deux autres menaçaient le petit groupe de clients, qui avaient jeté leurs portables. Une femme éclata en sanglots.

— Ferme-la, sinon, je te la boucle pour de bon !

La femme plaqua une main sur sa bouche pour ravaler ses pleurs.

Fernando allait éteindre son téléphone et le jeter avec les autres, quand son téléphone se remit à vibrer. Il scruta à nouveau l'écran : c'était Ron, le père de Michael.

L'un des voyous, le plus petit et le plus agressif, le mit en joue.

— Jette ton portable, sinon t'es mort !

Fernando allait éteindre son smartphone, quand un troisième appel s'afficha : Vicky, de Cabo San Lucas.

Ce fut la dernière chose que ses yeux enregistrèrent. Ça et l'étiquette sur les boîtes de tomates. Ce n'était pas celles qu'Alexia voulait. Au même instant, la balle l'atteignit.

À peine quelques heures plus tôt, Fernando était sur la mezzanine, dans le triplex que le gros Ruben lui avait prêté. Voyageur infatigable (où était-il en ce moment, Marrakech, Istanbul, Capri ?), Ruben avait généreusement insisté pour lui prêter son loft de Palermo Soho[1]. « Et je ne veux pas un sou en échange. Personnellement, ça me tranquillise qu'une personne de confiance occupe l'appartement et arrose les plantes. Chut ! Pas un mot ! » C'était arrivé cinq ans auparavant, comme une sorte

1. Quartier branché de Buenos Aires (NdT).

de cadeau de Noël. Ses amis de l'école de journalisme l'avaient chambré quand il leur avait révélé sa nouvelle adresse. « On a vite fait de prendre goût au luxe, pas vrai ? lui avaient-ils dit, pince-sans-rire. Et tu crois que tu vas pouvoir aller traîner du côté de La Matanza[1] ou enquêter sur les syndicats quand on saura que tu prends le thé dans de la porcelaine de Limoges ? » Fernando avait ri. Dès le premier jour, il avait pris la décision de n'occuper que la mezzanine. Il y installerait son lit, son secrétaire et ses livres. Quant au reste du loft, avec ses sculptures Pop Art et ses meubles design importés d'Italie, il n'y mettait pour ainsi dire jamais les pieds.

À présent, assis à la table, qui lui servait également de bureau, il parcourait du regard les rayonnages où étaient entreposées ses affaires personnelles : quelques photos, une gravure de saint François et le loup provenant de la chambre de Michael dans le ranch de son père en Patagonie, et qui faisait à présent remonter de douloureux souvenirs, une invitation à un concert de jazz où il avait amené Tute, et qui leur avait beaucoup plu. Et aussi quelques livres : une dizaine de *best-sellers*, des chroniques de voyage, des interviews de politiciens ou d'acteurs plus ou moins célèbres, des recueils de poésie d'amis poètes. Sur l'étagère du haut, le Meccano que son père, l'ingénieur Carlo Módena, lui avait offert pour son anniversaire, quelque dix ou quinze ans plus tôt, avec l'intention, un peu trop évidente, de l'inciter à embrasser la carrière. Sans doute était-ce pour cela que Fernando s'était découvert une attirance pour la profes-

1. Quartier malfamé de Buenos Aires.

sion qui lui semblait la plus éloignée des savants calculs paternels : le journalisme, ce noble et vague arrangement avec la vérité dont il n'arrivait pas à donner une définition précise, bien qu'il fût sur le point d'en faire son métier. « Les journalistes ne sont rien d'autre que des bonimenteurs qui se prennent au sérieux, avait dit son père quand il lui avait fait part de son souhait. Un journaliste, ce n'est qu'un proxénète ou un bavard qui se ferait payer, l'un pour exercer son activité malsaine, l'autre pour colporter des ragots. Les choses qui comptent vraiment en ce bas monde sont le fruit d'un dur labeur. » Face à une assertion aussi catégorique, Fernando faillit souligner que les écrits avaient réussi à traverser les âges autant, sinon mieux que les édifices ou les prodiges de l'ingénierie façonnés par les différentes civilisations.

À travers la gigantesque baie vitrée, Fernando entrevoyait, encadrés par les fenêtres de la maison d'en face, où se reflétait la lumière changeante de ce début d'été, les petits drames du quotidien telles les vignettes d'un livre d'images. Assurément, la vie de ces gens était semblable à la sienne, avec les mêmes préoccupations, les mêmes événements absurdes, les mêmes désillusions, et aussi, quoique très rarement, les mêmes instants de bonheur intense. *Les caprices de la déesse Fortuna, si pingre en ce qui concerne ces derniers !* songea-t-il.

Il se rappela la dernière fois qu'il avait connu la joie, lorsqu'il avait reçu une carte postale de Tute, après leur séparation. C'était une vue de Buckingham Palace, qui voisinait à présent avec le Meccano sur l'étagère du haut. « Salutations du Monstre », avait écrit Tute de sa grosse écriture enfantine. Juste ça. Fernando essaya de se rappeler la couleur exacte des yeux qui l'avaient tellement fasciné la première fois qu'ils s'étaient rencontrés. À sa surprise, il réalisa qu'il n'en était pas capable. En l'espace d'une année, cette couleur extraordinaire semblait s'être effacée de sa mémoire.

Il se rappela aussi la promesse que Tute lui avait faite au moment de leur rupture : « À cette date précise, dans un an exactement, je t'appelle et on se reparle. » Mais l'appel n'était pas venu.

On était en milieu de matinée, par une de ces journées de Buenos Aires où le temps hésite entre le froid et le chaud. Quels projets avait-il aujourd'hui ? Aucun. Relire les notes qu'il avait prises durant son séjour au Mexique ? Trier les photos, les coupures de presse, et toute cette documentation désormais inutile ? Appeler un ami ou une amie, pour lui proposer d'aller au ciné ou au restau ? Il se sentait pris d'une torpeur inhabituelle. Il contempla de nouveau la carte de Londres et songea qu'il était temps de l'ôter de l'étagère et de la jeter à la corbeille. Chapitre clos.

Sa main s'immobilisa sur la deuxième étagère, où se trouvaient ses livres, et s'empara d'un gros volume à la couverture cartonnée ; un recueil de contes de fées que lui avait offert sa mère. Que lui restait-il d'elle ? Trois fois rien, des images dont il n'aurait su dire s'il s'agissait de souvenirs véritables ou de photos aperçues dans la maison paternelle. Une belle femme, aux cheveux sombres, en robe de fête ; le visage souriant, légèrement poupin, avec de grands pendants d'oreilles en forme de papillons ; une autre en maillot de bain, sur la plage, à côté de son père, un grand et bel homme. Comment était sa voix, ou la caresse de ses mains ? À quatre ans, la mémoire est capricieuse : elle retient le goût d'un gâteau au chocolat, mais pas la voix de la mère qui lui avait certainement lu des contes comme ceux-là. Fernando se souvenait par contre très bien des illustrations du livre, qu'il avait souvent parcouru. Lorsqu'il reposa l'ouvrage, une image fugace de sa mère étendue sur son lit d'hôpital lui traversa l'esprit.

Un coup de sonnette le fit sursauter. Il s'approcha de l'interphone et pressa le bouton. Une voix joyeuse lança :

— Tu dormais, gros paresseux ? Il est presque onze heures. Je monte, tant pis pour toi.

Il mit quelques secondes avant de reconnaître la voix d'Alexia. Ils avaient prévu de se voir ? Dès qu'il ouvrit la porte, son amie, tout sourire, lui mit une bouteille de champagne dans les mains et l'embrassa sur les deux joues :

— Félicitations ! Je tenais absolument à fêter dignement cet anniversaire.

— Quel anniversaire ? Qu'est-ce que tu fais à Buenos Aires ?

— Très cher, dit Alexia, en ôtant sa veste et en l'accrochant au portemanteau, à côté de la porte. Ne me dis pas que tu as oublié qu'il y a un an tout juste, tu as obtenu ton diplôme ? Est-ce à dire qu'un journaliste frais diplômé perd la notion du temps qui passe ? Quoi qu'il en soit, je suis ici pour te rafraîchir la mémoire. Pour te rappeler tes exploits, maintenant que je suis de retour à la Reina del Plata[1]. Tout à l'heure, je vais te raconter mes aventures équatoriennes. Une véritable odyssée ! lança Alexia en se passant une main sur le front avec un geste théâtral. Mais commençons par célébrer ta victoire de meilleur élève de ta promotion. Tu t'en souviens au moins ? Je t'en prie, ne rougis pas jusqu'aux yeux ! Aujourd'hui, c'est moi qui décide. On va déjeuner ici ensemble et siffler la bouteille de champagne. Mets-la donc au frais. Tu sais faire ? Et voyons ce que tu as dans tes placards.

Le frigo était vide et le garde-manger aussi, hormis deux oignons, un peu de vermicelles et une gousse d'ail.

— Bon, je vais te donner une liste et tu vas aller faire les courses pendant que je mets la table.

Alexia le poussa aussitôt vers la porte. Il n'avait pas atteint l'ascenseur qu'elle le rappela :

— Tu as ton portable au cas où j'aurais oublié quelque chose ?

Fernando palpa sa poche. Il l'avait sur lui.

1. Littéralement, « Reine d'argent », surnom de la capitale argentine.

2

Un an plus tôt jour pour jour, par un début novembre qui menaçait d'être encore plus chaud et humide que le précédent, Fernando était en train de s'habiller devant le miroir de la chambre à coucher. Tout en boutonnant sa chemise, il observait discrètement Tute, qui le scrutait de ses yeux verts, langoureux, que Fernando trouvait irrésistibles sous leur épaisse frange de cils. Son visage irradiait une douceur enfantine que contredisait son corps musclé et fougueux. « Tu as remarqué que les animaux les plus puissants ont souvent les yeux les plus doux ? avait-il dit un jour à Tute, tandis qu'ils passaient devant l'enclos des bisons du parc zoologique. » Tute avait rougi.

— Comment trouves-tu cette chemise ? Est-elle assez habillée ?

— Oui, elle te va très bien, répondit Tute, en se levant. Laisse-moi arranger ton col.

Au contact de ses doigts sur sa nuque, Fernando fut parcouru d'un frisson. Il allait se retourner pour l'embraser quand Tute s'écarta.

— Non, attends. Il faut que je te dise quelque chose.

— Je te trouve bien sérieux. Je ferais mieux de m'asseoir.

Fernando s'assit au bord du lit et Tute l'imita.

— Fernando, commença Tute, la voix légèrement tremblante. Tu sais que je t'aime énormément.

— Oui.

— Et je sais que tu m'aimes toi aussi.

— Oui.

— Mais tu as vingt-quatre ans, tu as fini tes études et tu vas devenir journaliste.

— Oui, si j'ai cette chance. C'est ce que je veux, en tout cas.

— Bien, mais moi, quoi ? J'avais à peine dix-neuf ans quand je suis arrivé de Tucumán, sans aucun projet, mais avec une folle envie de faire ma vie ici, dans la capitale.

— Oui, et on s'est rencontrés quelques jours après, dans ce bar. Dès que je t'ai vu, je suis tombé amoureux. Ou plus exactement dès que je t'ai entendu parler avec ton accent chantant. C'était il y a quatre ans, et je suis toujours sous le charme.

— Je sais, et je te suis reconnaissant de tout ce que tu as fait pour moi, de tout ce que tu m'as appris, donné. Mais, Fernando, maintenant…

— Quoi ?

— Je t'aime toujours énormément, mais j'ai besoin de faire ma vie, de voir du monde…

— Tute, quand je serai journaliste pour de bon, je serai probablement amené à voyager. On pourrait voyager ensemble.

— Tu ne m'as pas compris. Ce n'est pas facile à dire… Disons que j'ai besoin d'être seul pendant un moment. Toi, tu as déjà voyagé, tu connais l'Europe, tu es allé à New York. Et moi, je veux faire la même chose. Tu sais quoi ? L'argent que tu m'as donné pour Noël et pour mon anniversaire, quand tu me disais d'aller m'acheter ce qui me ferait plaisir, eh bien, je l'ai mis de côté. Et maintenant, j'ai de quoi m'offrir un voyage en Europe.

— Tu veux t'en aller, c'est ça ?

— J'ai réservé un billet pour Londres. Je pars samedi.

— Tu es en train de me dire que tu me quittes ? Comme ça ? Du jour au lendemain ?

— S'il te plaît, essaie de me comprendre. Je veux qu'on soit ensemble. Mais avant cela, j'ai envie de pouvoir voyager de mon côté, de découvrir d'autres horizons…

— Et de connaître d'autres gens…

— Oui.

— Et moi, je fais quoi ?

— Je ne serai pas parti pour toujours. Écoute, voilà ce que je te propose. Donne-moi un an. Et dans un an exactement, on en reparle et on voit où on en est. Je t'aime, Fernando, et je ne supporte pas l'idée de te perdre. Mais je ressens le besoin de partir. Essaie de me comprendre.

— Je te comprends. Et en même temps je ne te comprends pas.

Tute enlaça les épaules de Fernando de son bras droit, et avec sa main gauche approcha son visage du sien. Il lui donna un baiser passionné auquel Fernando ne répondit pas, puis se leva. Il prit sa chemise – un cadeau de Fernando dont Tute disait qu'elle était sa préférée – et l'enfila. Il se retourna pour regarder encore une fois Fernando, assis, bouche cousue, sur le lit, puis quitta l'appartement.

Fernando resta un long moment sans bouger. Il avait du mal à respirer. Pour finir, au prix d'un gros effort, il se leva, choisit une cravate au hasard, la noua d'un geste mécanique, enfila sa veste et sortit. *J'ai l'impression qu'on m'a coupé un bras ou une jambe*, songea-t-il. *C'est un cauchemar. Vivement que je me réveille.*

Au café en face de la fac, il alla s'attabler au fond de la salle et commanda un whisky. La cérémonie de remise des diplômes allait commencer dans une heure. Il sortit son portable et composa le numéro de son père. Ça faisait combien de temps qu'il ne lui avait pas parlé ? Au moins quatre ans, depuis qu'il avait commencé ses études de journalisme. Chaque fois qu'il l'appelait, il n'avait pas prononcé deux mots que son père lui coupait la parole.

Après tout le mal qu'il lui avait dit sur les journalistes, qu'il appelait par dérision les paparazzis, l'ingénieur Carlo Módena n'allait sûrement pas sauter de joie. Mais au moins Fernando pouvait-il s'enorgueillir d'avoir travaillé dur pour décrocher son diplôme sans l'aide de personne : quatre années de sacrifice et de travail acharné. Quatre années durant lesquelles il avait appris à décortiquer l'actualité pour pouvoir témoigner de ce qui se passait dans le monde. Il commença à composer le numéro, qu'étrangement il connaissait par cœur, quand quelque chose l'arrêta. La peur d'être tourné en ridicule, rabaissé, incompris ? La peur de ne pas recevoir les félicitations tant espérées, de ne pas entendre une note de fierté dans la voix de cet homme que, consciemment ou inconsciemment, Fernando aimait et admirait.

Il rangea son téléphone et finit son verre de whisky. Si sa mère avait encore été de ce monde, elle aurait été fière de son fils. Ce garçon timide qui allait bientôt recevoir son diplôme, le meilleur de sa promotion. Fernando se souvenait d'elle comme d'une femme joviale, toujours souriante, même lorsqu'elle reposait, livide, au milieu de tous ces tubes, sur son lit d'hôpital. Le souvenir de son sourire lui donna le courage de se lever et de traverser la rue, où plusieurs de ses camarades étaient en train de jacasser bruyamment, à la fois heureux et anxieux, conscients du fait qu'avec leurs études de journalisme, un chapitre essentiel de leur vie était sur le point de s'achever.

Soudain, quelqu'un lui asséna une grande tape sur épaule. Il se retourna, furieux, et vit Alexia, vêtue d'une robe dont le décolleté descendait presque jusqu'au nombril. Elle riait à gorge déployée en faisant tournoyer le sac à main avec lequel elle l'avait frappé.

— Ma parole, tu es complètement à l'ouest, lui dit-elle. Tu ne vois même pas ta meilleure amie. Viens me donner un gros bisou, monsieur le journaliste.

Et le prenant dans ses bras elle l'embrassa à pleine bouche.

Ses camarades s'esclaffèrent. Alexia lui prit la main et l'entraîna dans le hall de la fac.

— Tute n'est pas là ? s'étonna-t-elle.

— Non, il ne vient pas. Je t'expliquerai.

— Bon, mais n'oublie pas que je veux tout savoir. D'accord ? Tiens, regarde, Gutiérrez. Allons le saluer.

Journaliste réputé, le professeur Emilio Gutiérrez s'était fait connaître grâce à son émission de radio très suivie à la fois par les étudiants et les chauffeurs de taxi qui l'écoutaient durant les heures solitaires de la nuit. Tous appréciaient le ton désinvolte avec lequel il traitait les sujets les plus divers, éreintant ici une pièce de théâtre prétentieuse, là un match de foot bâclé. « Il n'a pas la langue dans sa poche » était le commentaire qui revenait chaque fois qu'il étrillait les aigrefins de tout poil, intellectuels, sportifs ou hommes politiques. La popularité dont il jouissait auprès des jeunes avait incité l'école de journalisme à lui offrir un poste de professeur.

— Professeur Gutiérrez, l'apostropha Alexia. Je vous présente votre meilleur élève.

Et elle poussa Fernando dans sa direction.

— Alexia, Fernando, ça fait plaisir de voir que vous vous êtes mis sur votre trente-et-un. Alexia, tu ferais bien de prendre modèle sur Fernando, toujours discret et élégant. En tant qu'ancienne élève, tu devrais savoir que les tenues affriolantes nous font perdre de vue les choses importantes.

— C'est une ruse, professeur, pour inciter les gens à me raconter tout ce qu'ils voudraient me cacher lorsque je les interviewe. Devant mes rondeurs féminines, ils perdent leurs moyens, oublient de se concentrer, et la vérité finit par leur échapper.

— Tant que ce ne sont pas vos rondeurs qui s'échappent…

— Professeur, s'esclaffa Alexia, un peu de sérieux, voyons.

Fernando, momentanément distrait de l'anxiété qui l'étreignait, serra la main du professeur Gutiérrez et lui dit :

— Je tenais à vous remercier pour tout ce que vous m'avez appris. J'espère être à la hauteur.

Le professeur lui répondit en souriant :

— Pour pouvoir être à la hauteur, il faut d'abord trouver le job idoine. On se voit demain matin, il y a quelqu'un que j'aimerais vous présenter. Et maintenant, filez, tous les deux. La cérémonie va commencer.

Fernando et ses camarades entrèrent dans le grand amphithéâtre, le cœur battant. Il chercha Alexia des yeux. Elle se trouvait quelques pas derrière lui, et quand elle lui décocha un clin d'œil, il comprit que tout allait bien se passer.

3

Le lendemain matin, Fernando et le professeur Gutiérrez se retrouvèrent dans un café du centre. « Un café comme au temps jadis, sans musique et sans écran de télévision », avait dit le professeur. Aussitôt, Gutiérrez entreprit de lui raconter que, quelques années plus tôt, il se trouvait un peu dans la même posture que Fernando : celle d'un journaliste sans perspective précise, dont la seule certitude était qu'il se passionnait pour le journalisme d'investigation, ayant appris à mener honnêtement l'enquête et à chercher la vérité, quoique sans savoir au juste quelle vérité ni à quelles fins.

— Nous autres, journalistes, sommes un peu comme des chiens renifleurs, mais encore faut-il que quelqu'un nous donne quelque chose à renifler pour que nous puissions faire nos preuves. Moi, j'ai commencé comme ça, par hasard, et c'est ce qu'il m'est arrivé de mieux. Un ami m'avait parlé de vols répétés dans la banque où travaillait sa femme. Comme je trouvais ça bizarre, j'ai décidé de creuser la question, et c'est comme ça que j'ai connu mon premier succès. L'affaire a fait la une de tous les quotidiens, parce que des gens célèbres étaient impliqués. J'ai reçu des menaces, mais je ne me suis pas laissé intimider. Au contraire, j'en ai profité pour décrocher une émission de radio populaire. Et c'est comme ça que j'ai acquis la célébrité et les cheveux grisonnants qui vont avec. Si je vous raconte tout ça, ce n'est pas pour me vanter, mais pour vous encourager.

Fernando réalisa soudain que le professeur faisait beaucoup plus vieux que son âge.

— Il faut que vous trouviez votre voie, Fernando. C'est pour cela que nous allons voir le boss. C'est à deux pas.

Le QG du journal *El Nacional* était une de ces tours de verre qui avaient commencé à pousser dans les années 1980 dans le quartier du Bajo, copies maladroites des gratte-ciel américains qui, d'après le professeur Gutiérrez, avaient ôté à la ville son identité architecturale de maisons basses aux façades blanches. Devant la porte monumentale de l'immeuble, Gutiérrez avait pris Fernando par le bras et l'avait entraîné vers la réception. Là, il avait rempli une fiche, après quoi on lui avait remis un badge avec son nom. Puis on l'avait fait entrer dans l'un des ascenseurs qui les conduisit au dernier étage. Dans le saint des saints.

— Au-dessus, c'est le ciel, mais la place est déjà prise, sans quoi tu peux être sûr que le boss postulerait, dit Gutiérrez en entraînant Fernando vers la porte qui mentionnait DIRECTION.

Il frappa puis entra. Une jeune secrétaire leva les yeux et leur sourit.

— Bonjour, Josefina. Pouvez-vous dire au boss que nous sommes là ?

Pendant que la secrétaire entrait dans le bureau du patron, le professeur pointa du doigt une grande table recouverte d'un fatras de papiers, photos, plans et coupures de journaux.

— Ça, voyez-vous, c'est la soupe primordiale, ainsi que les biologistes appellent les combinaisons moléculaires qui sont à l'origine de la vie sur terre. Chaque fois qu'on repère quelque chose d'insolite sur le Net, ou quelque chose de douteux, comme une image bizarre dans un journal ou un magazine, on l'imprime ou on le découpe et on l'apporte ici. Une fois par jour, on se réunit avec le boss et on fait le point. En laissant jouer l'imagination, l'intuition, et dans une large mesure, le hasard. Et bien souvent, il en ressort quelque chose, comme ces silhouettes qui n'évoquent rien jusqu'à ce qu'on les regarde sous un certain angle.

— Professeur Gutiérrez, vous faites toujours cours ? brailla une voix de stentor derrière eux.

Fernando se retourna pour saluer le nouveau venu, mais au lieu du géant qu'il s'attendait à voir, il découvrit un petit homme chauve, affublé d'épaisses lunettes chevauchant un nez proéminent.

— Patron, voici le jeune homme dont je vous ai parlé. Fernando Módena.

— Bienvenue au barnum. Je suppose que vous vous intéressez au journalisme.

Avant que Fernando ait pu dire un mot, Gutiérrez ajouta :

— Fernando est mon meilleur élève. Ou était, devrais-je dire, car il a reçu son diplôme hier. Il est sorti premier de sa promotion.

— Tout dépend de la qualité de ladite promotion, fit remarquer l'homme chauve. Être le meilleur d'une bande de bras cassés n'a rien de glorieux. Comment étaient les autres ?

— Excellents. C'est pour cette raison que je vous l'ai amené. Il faut lui donner du travail.

L'homme que Gutiérrez appelait « le boss » toisa un long moment Fernando du regard. Ce dernier attendit, mal à l'aise, sans savoir que dire. Pour finir, le boss s'approcha de la table couverte de paperasse.

— Fernando, voyons si tu as l'œil d'un journaliste. Examine ces documents. Prends ton temps. Et essaie de trouver quelque chose qui t'interpelle.

L'énorme table, sur laquelle s'entassaient, pêle-mêle, notes manuscrites, copies de pages web, visages, paysages et scènes incohérentes ou mystérieuses, ressemblait à un caléidoscope géant, une sorte de cauchemar cosmique. On aurait dit un de ces rébus composés de hiéroglyphes, lettres et numéros.

— Souviens-toi de ce que je vous ai appris en classe, dit la voix de Gutiérrez. Ne cherche pas à comprendre toutes les histoires, ni même à reconstituer une histoire complète. Cherche ce qui t'interpelle, ce qui t'intrigue, ce qui déclenche un signal dans ton cerveau.

Gros titres, légendes, noms connus ou inconnus, portraits sévères ou souriants. Soudain, les yeux de Fernando s'arrêtèrent sur une photo. Un paysage gris, dévasté, semblable à la rive d'un plan d'eau ou d'un lac, et le visage d'un enfant de type indien, les yeux presque entièrement blancs.

— Oui, il est aveugle, lui dit le professeur Gutiérrez. C'est une des victimes du désastre écologique de Fortaleza survenu il y a six ans. L'entreprise responsable, la Universal, a fermé après l'accident.

— Elle n'a pas fermé, elle s'est transformée, nuança le boss. Le loup s'est fait agneau. La Universal est devenue la fondation Universo, une des institutions écologiques les plus puissantes et respectées au monde. Elle a indemnisé les victimes, et investi des millions dans le nettoyage et la reconversion du site. La fondation s'est fixé pour mission de créer des espaces écologiques et de les protéger coûte que coûte – de la folie des hommes, s'entend.

Soudain, Fernando se rappela un article qu'il avait lu d'un œil distrait quelques mois auparavant.

— N'est-ce pas cette fondation qui a remporté il y a peu le grand prix de la meilleure entreprise écologique ?

— La World Ecology Award, en effet, dit le boss en souriant.

— Est-ce qu'il n'y a pas eu des rumeurs selon lesquelles le directeur n'était qu'un homme de paille derrière lequel se cachait un personnage puissant ? demanda Fernando.

— Puissant, philanthrope et anonyme. Des noms ont été évoqués, mais sans certitude aucune, précisa Gutiérrez.

— Toujours est-il qu'il y a un homme qui se détache du lot, dit le boss. Quoique tout cela reste incertain, une fois encore.

— Ron Davies, déclara le professeur. Le millionnaire argentin d'origine galloise. Mais on ne sait pour ainsi dire rien de lui ni de ses fonctions au sein de la Universal, ou de la fondation Universo. Il n'existe quasiment aucune photo de lui, et il refuse toute interview.

— Où vit-il ? demanda Fernando.

— Partout et nulle part, expliqua le boss. On raconte qu'il a des maisons aux Bahamas, à Ibiza, en Floride… et même chez nous, en Patagonie. Il va de l'une à l'autre en jet privé. On sait qu'il a été marié, mais qu'il est divorcé depuis un certain temps déjà. Il n'a eu qu'un fils. Son ex-épouse s'est remariée avec un homme d'affaires des Émirats. Il semblerait qu'il n'aime pas les mondanités et qu'il recherche la solitude.

— Auriez-vous une photo de lui ? voulut savoir Fernando.

— Il y en a très peu, mais on doit en avoir une quelque part, déclara Gutiérrez. L'autre jour, en passant en revue cette jungle de documents, il m'a semblé en voir une.

Il plongea la main dans l'océan de paperasse, le remua tel un prestidigitateur qui mélange des cartes, et finit par en extirper un cliché noir et blanc sur lequel on voyait un homme dans la cinquantaine, aux traits ordinaires et au regard triste. Un nez sévère de sénateur romain. Les cheveux lisses, un peu longs et légèrement grisonnants. Les lèvres comme scellées hermétiquement. Fernando se demanda de quelle couleur pouvaient être ses yeux.

— C'est Ron Davies, dit Gutiérrez.

Il y eut un long silence, tandis que Fernando contemplait le cliché comme si le visage de l'homme avait pu prendre vie par magie, ouvrir la bouche et lui faire des révélations.

— Jamais personne n'a réussi à l'interviewer, dites-vous ?

— La dernière interview remonte à une vingtaine d'années au moins. Et après cela, plus rien, jamais, dit le boss.

— Et à supposer que je réussisse à décrocher une interview ?

Le boss et le professeur Gutiérrez échangèrent un coup d'œil complice. Puis le boss déclara, un grand sourire aux lèvres :

— Si tu arrives à décrocher une interview avec Ron Davies, je t'engage à temps plein au *Nacional*.

Fernando sourit à son tour.

— Défi relevé, professeur Gutiérrez. Votre limier est prêt pour la chasse.

4

De retour chez lui, Fernando alluma son ordinateur et eut la bonne surprise de trouver un gros dossier consacré à Ron Davies, courtoisie de la très efficace Josefina. Dehors il s'était mis à pleuvoir, et il songea à Tute, qui aimait se promener sous des pluies torrentielles, la chemise trempée et les cheveux plaqués sur le front. « On dirait le monstre du Loch Ness », lui avait dit une fois Fernando, et le sobriquet lui était resté. *Monstre, petit monstre, mon gentil monstre à moi. Te reverrai-je un jour ?*

Chassant au loin ces souvenirs, Fernando se concentra sur le fichier. Une page après l'autre, un article après l'autre, il éplucha toutes les informations possibles et imaginables concernant le mystérieux millionnaire – des notes brèves glanées auprès des cercles financiers ou mondains, et qui n'étaient pour la plupart que des commérages. Comment cet homme contradictoire, à la fois jet-setter et ermite, était-il parvenu à ne laisser filtrer qu'aussi peu de choses le concernant ? À en croire les âmes bien intentionnées, il avait contribué à réduire l'empreinte écologique grâce au développement de ressources renouvelables. Les mauvaises langues affirmaient quant à elles que lesdites ressources étaient en réalité exploitées par des multinationales. Qui disait la vérité ? Quel était son vrai visage ? S'était-il sincèrement repenti et converti à l'écologie ? Ou continuait-il à surexploiter la nature tout en prétendant la défendre ? Fernando s'était fixé pour mission de le découvrir. Il allait gagner la confiance de l'homme, l'amener à parler sans détour, et son intuition de journaliste ferait le reste – cette intuition dont le professeur Gutiérrez lui avait dit qu'elle était innée chez lui et qui consistait à savoir détecter la sincérité chez autrui.

Il y avait également des articles consacrés aux nombreuses maisons que Davies était censé posséder. Fernando examina longuement les photos. Publiées dans des magazines de déco et de voyages, elles avaient été prises selon les angles tape-à-l'œil propres à ce genre de publications. Et pourtant, paradoxalement, il lui sembla détecter une certaine modestie, une sobriété originale et inattendue. Plus il poussait ses explorations et plus la personnalité étrange de Ron Davies l'intriguait.

Mais comment le contacter ? Dans ce monde connecté du XXIe siècle, où la vie privée semblait avoir complètement disparu et où Google Earth surveillait tout et tout le monde à tout instant, comment était-il possible de s'isoler à ce point, de disparaître des radars, comme un naufragé volontaire, un Robinson Crusoé qui aurait réussi à échapper à l'omniprésence du Web ?

Fernando passa en revue d'autres articles : les voitures de sport de Davies, sa collection d'objets précolombiens qui n'avait rien à envier à celles des plus grands musées, son énorme jet privé qui le transportait d'une maison à l'autre, de continent en continent.

C'est alors qu'il pensa à Marcelo, son ami pilote qui travaillait chez Latam Airlines. Peut-être saurait-il lui dire quel avait été son dernier point d'atterrissage ? Il chercha son numéro et l'appela, sans succès.

Il dut attendre deux jours avant de réussir à le joindre, car Marcelo ne répondait jamais aux appels quand il travaillait. Le dimanche matin, alors que Fernando était encore au lit, le téléphone sonna. C'était Marcelo.

Ils se retrouvèrent dans un bar de l'Aeroparque et Fernando lui exposa son plan.

— Il est possible de connaître les itinéraires des vols privés, dit Marcelo après avoir pris le temps de réfléchir. De plus, je crois connaître un des pilotes de Davies. Je vais creuser la question et je te rappellerai.

— S'il te plaît, fais vite.

— Je vais faire de mon mieux, Fernandito, dit-il. Puis, voyant la mine préoccupée de Fernando, il ajouta : Je te le promets.

Le lundi dans la soirée, Marcelo le rappela.

— Mon ami m'a confirmé être l'un des quatre pilotes privés de Davies. Il faisait partie de l'équipage qui, il y a presque deux mois, l'a emmené en Patagonie, dans sa propriété d'El Bolsón. Mon ami pense qu'il s'y trouve toujours. Apparemment, c'est le lieu qu'il aime le plus au monde.

— Mille mercis, Marcelo, dit Fernando, incapable de dissimuler son excitation. Je te dois une bouteille de whisky.

— Si tu réussis, lui répondit le pilote, c'est une caisse entière que tu me devras.

5

Ce qui fait la magie de la Patagonie, c'est que ses paysages changent constamment. On peut y pénétrer par une large vallée couleur sable et se retrouver nez à nez avec une chaîne de collines bosselées semblables à un troupeau de chameaux, puis soudain voir surgir une épaisse forêt d'arbres gigantesques aux ramures bleues, et presque aussitôt déboucher sur le rivage blanc d'un lac aux eaux de cobalt. La diversité des paysages de Patagonie est déroutante pour l'œil du citadin.

Les silhouettes qui jalonnaient l'étroite plage de galets n'étaient pas, comme on aurait pu le supposer, des serpents ou des dragons, mais simplement des troncs d'arbres rongés et blanchis par le temps, la pluie et le vent. Les bras et les jambes dénudés qui semblaient s'étirer vers les eaux pures du lac pour y chercher la fraîcheur n'étaient autres que les branches et les racines des myrtes, dont la couleur rappela à Fernando les murs roses d'une pièce que son père et lui avaient visitée quand il était enfant. Là-bas, près de l'horizon, derrière les crêtes ocre, jaunes, rouges et vertes, se dressaient les cimes imposantes de la Cordillère, tel un avertissement ou une promesse.

À l'aéroport de Bariloche, un chauffeur routier venu réceptionner une cargaison de semences lui proposa de le prendre. L'homme lui avait montré un pont au-dessus d'un cours d'eau qui figurait sur la carte que Fernando tenait dépliée devant lui. Marcelo lui avait dit que ce cours d'eau traversait la propriété de Davies. Une fois sur place, il devrait se débrouiller pour longer la rivière à pied.

— Ici, au Sud, on se connaît tous sans vraiment se connaître, lui dit le routier. Personne ne peut survivre seul, c'est pourquoi le voyageur est un frère.

Et il proposa à Fernando la moitié de son sandwich au fromage de chèvre, qu'il posa entre leurs deux sièges tandis que le camion bondissait tel un énorme lièvre sur l'asphalte qui avait connu des jours meilleurs.

— Il y a environ deux heures de route, lui annonça-t-il. Si vous voulez, vous pouvez dormir. Je vous réveillerai quand on sera arrivés.

Bercé par le ballottement du véhicule, l'air chaud et poudreux qui entrait par la fenêtre et la voix du chauffeur qui chantonnait un tango, Fernando s'assoupit. Quand il se réveilla, le camion était à l'arrêt.

— Nous y sommes, fiston, lui dit l'homme. En bas se trouve la rivière que vous cherchez.

Fernando saisit son sac à dos chargé du strict nécessaire – un change de vêtements, une tente minuscule, un sac de couchage –, remercia le chauffeur et commença à descendre le sentier empierré. Il entendit l'eau avant de la voir.

La rivière était étroite mais impétueuse, et sur la gauche, il aperçut un chemin en zigzag qui offrait un passage protégé entre la plage de galets et l'eau. Une brise légère apportait un parfum que Fernando ne réussit pas à identifier. Il consulta à nouveau sa carte et se remit en route. Il ne sentait pour ainsi dire pas le poids de son sac. *Je ne suis pas sûr que Tute aurait apprécié ce genre d'aventures*, songea-t-il. *Sans bars, sans musique, sans personne...*

Tout en marchant sans vraiment prêter attention au nombre de kilomètres qu'il avait parcourus en compagnie de la rivière, Fernando se demandait ce qu'il ferait lorsqu'il rencontrerait Davies, s'il le rencontrait un jour. Car rien n'était moins sûr. Un millionnaire tel que lui pouvait à tout moment ordonner à son pilote de l'emmener dans les Caraïbes, en Afrique du Nord ou dans une île de Polynésie. Et même en admettant qu'il fût chez lui, il n'était pas certain qu'il accepterait de parler avec lui. Il allait de soi que Fernando ne pourrait pas lui dire pourquoi il était dans le Sud, que son avenir en tant que journaliste dépendait du bon vouloir de ce monsieur inconnu, reclus et mystérieux.

Davies allait-il croire que Fernando n'était qu'un randonneur comme un autre, un jeune garçon qui avait fui le chaos de la vie citadine pour s'aventurer dans cette nature à demi sauvage, prendre un bon bol d'air, vivre en compagnie des pierres, des oiseaux, des arbres, de l'eau de cette région mythique ? Au moins, il devait tenter sa chance. S'il échouait, si Davies refusait de lui ouvrir sa porte, il n'aurait rien perdu, songea-t-il non sans une certaine ironie, à part le prix d'un billet d'avion, une fraction non négligeable de son amour-propre et la possibilité de décrocher un emploi qui aurait changé sa vie.

Le soleil commençait à descendre derrière la colline et l'eau à prendre des reflets d'or et d'argent. Un oiseau se mit à lancer son chant par intermittence, et Fernando s'arrêta, fasciné, pour l'écouter. Entre chaque trille fluait le murmure constant de la rivière. Il eut l'impression que le temps s'était arrêté pour de bon. Il n'osa pas consulter sa montre.

Le ciel brillait encore d'un bleu délicat et transparent, comme si le crépuscule et l'aurore s'étaient confondus ou inversés. À la hauteur des arbres et des rochers, tout était devenu noir, le ciel et la terre se reniant l'un l'autre, le premier s'accrochant à la lumière, la seconde se drapant dans l'obscurité. Tout ici était colossal, authentique : la crête du Serrucho, qui délimitait la vallée telle une muraille de pierre que les guides touristiques comparaient aux Dolomites, les forêts de mélèzes centenaires à la beauté incomparable, les torrents d'eau cristalline et, dominant le tout, tel un anneau de lumière, la Voie lactée qui répandrait plus tard cette clarté incomparable qu'on ne pouvait réellement apprécier que sous ces latitudes.

Il continua d'avancer sans même voir où il mettait les pieds. Soudain, jaillissant d'une profonde ravine, l'obscurité glacée se jeta sur lui tel un gigantesque ours brun. Il se dépêcha de monter sa petite tente et déplia son sac de couchage soigneusement roulé au fond de son sac à dos, hésitant à se dévêtir avant de se coucher.

Il réalisa qu'il n'avait rien avalé depuis le sandwich que lui avait offert le routier, et prit une des barres de céréales qu'il avait emportées. Dès le lendemain, il se lancerait sur les traces de sa proie, songea-t-il en mastiquant. Mais était-ce réellement ce qu'il voulait ? Dehors, l'immense nuit de Patagonie le tenait dans ses bras. Que faisait-il au juste dans ce lieu à la fois sauvage et hospitalier ? Il eut soudain le sentiment que non seulement sa présence ici était insignifiante, mais que sa quête ambiguë de journaliste polluait et trahissait d'une certaine manière toute cette pureté et cette authenticité. Pas rassasié mais agréablement fatigué, il se glissa dans son sac de couchage tout habillé.

Il était sur le point de sombrer dans le sommeil quand le visage sévère de son père lui apparut, comme s'il l'avait observé depuis la rive éloignée d'un fleuve. Ils se tenaient seuls, face à face, dans le grand silence de la nuit. Fernando voulait-il vraiment devenir journaliste, ainsi qu'il l'avait déclaré ? À une époque où n'importe qui sur cette planète pouvait capter un événement sur son smartphone et le partager instantanément avec le monde entier, le langage journalistique avait-il encore un sens face à la force des images qui parlaient d'elles-mêmes sans avoir besoin de commentaires ? À supposer que son père ait eu raison d'affirmer que la presse écrite ou orale n'avait que des ragots à se mettre sous la dent, et de temps à autre, telle une oasis dans le désert, une histoire véritablement originale, l'élucidation d'un grand mystère ou la réflexion plus ou moins aboutie et visionnaire d'un confrère. C'était la voie qu'il s'était choisie pour essayer de faire la différence, pour révéler la face cachée des choses, ou tout au moins celle de Ron Davies. Il lui sembla voir son père froncer un sourcil réprobateur ou soupçonneux.

Il en était là de ce rêve confus quand une détonation le réveilla, pareille à un coup de canon. Une lueur blanche illumina la tente. Au son du tonnerre, des éclairs, et des hurlements du vent, un déluge s'abattit sur la tente, menaçant d'en défoncer le toit. Fernando alluma sa lampe de poche et attendit un long moment, en priant pour que son abri résiste, mais très vite, des ruisselets de boue commencèrent à s'infiltrer dans son sac de couchage.

Au bout d'une heure interminable dans l'obscurité la plus totale, la pluie commença à faiblir. *Au moins le tonnerre et les éclairs ont cessé*, se consola-t-il, et il décida de sortir de la tente. Le jour commençait à se lever. Fernando songea qu'il ferait mieux de chercher un abri plus sûr et de revenir plus tard chercher ses affaires. Après tout, qui penserait à le détrousser au milieu de cette immensité ? Qui voudrait s'emparer d'une misérable tente et d'un vieux sac à dos trempé ?

Il se mit à longer la rivière en trébuchant à chaque pas sur le sol pierreux. La silhouette des arbres tissant comme une toile sombre sur le ciel noir lui rappelait son illustration préférée du livre de Blanche-Neige que sa mère lui avait offert. Les créatures fantastiques de ces contes de fées l'épiaient-elles, embusquées derrière les arbres ?

Quelques heures plus tard, quand il fit grand jour, il réalisa qu'il allait devoir traverser la rivière s'il voulait continuer dans la direction qu'il s'était fixée, car le rivage s'était resserré jusqu'à disparaître. L'eau s'écoulait doucement entre de grosses pierres. Il décida de sauter de l'une à l'autre pour gagner la rive opposée. Mais alors qu'il effectuait le dernier saut, il glissa et sa chaussure se retrouva coincée entre deux rochers. Il essaya de se dégager, en vain, son pied était bloqué. Et le moindre mouvement lui causait une douleur insupportable. *Et maintenant, je fais quoi ?* se demanda-t-il. Il n'avait croisé personne depuis que le routier l'avait déposé, et rien entendu à part le vent et la pluie de la veille au soir, et maintenant le chant matinal des oiseaux. Avec une certaine réticence, car il s'en voulait de déranger la majesté sublime du paysage, il se mit à appeler.

Rien, pas une voix, pas un mouvement. Il cria encore et encore. Seul le silence lui répondit.

Il se voyait déjà se traîner avec sa jambe cassée et ensanglantée sur le sol caillouteux, quand un aboiement lui parvint de derrière les fourrés. Au même instant, il vit apparaître un gros chien de berger, au poil bien lustré et muni d'un énorme collier.

Fernando se remit à crier, espérant attirer l'attention de son maître. Le chien le regardait de ses grands yeux caressants, mais sans se décider à se mouiller les pattes.

— Qu'est-ce qui se passe ? demanda soudain une grosse voix provenant d'un bosquet.

Puis un homme de haute taille et à la mine sévère apparut. Un bel homme, élégant et dans la cinquantaine.

En voyant Fernando coincé entre les rochers, l'inconnu entra dans l'eau glacée et tenta de déloger la pierre qui tenait le soulier emprisonné, mais sans succès.

— Patientez quelques instants, le temps que j'aille chercher une branche pour faire levier. Cette pierre pèse une tonne.

Fernando sourit, rasséréné par la présence de cet homme si serviable.

— Vous n'avez pas idée comme je vous suis reconnaissant, dit-il, ému, car il venait de reconnaître la personne qui était venue lui porter secours : Ron Davies en personne. L'homme qu'il recherchait !

Comme il détournait les yeux pour ne pas montrer son trouble, une douleur lancinante vint lui rappeler qu'il n'avait d'autre choix que de prendre son mal en patience. Par chance, l'effet anesthésiant de l'eau glacée se propageait progressivement dans toute sa jambe. Au bout de quelques minutes, l'homme revint avec une grosse branche de hêtre austral qu'il glissa sous la pierre et se mit à secouer avec force.

Fernando ne put réprimer un cri perçant, mais l'homme continua jusqu'à ce que la pierre cède enfin et libère le pied. Plus tard, Fernando lui serait reconnaissant de son apparente insensibilité. Car s'il n'avait pas insisté, il aurait été condamné à passer plusieurs heures dans l'eau glacée pendant qu'on serait allé chercher des secours.

— Prends mon bras, lui conseilla l'homme en l'entraînant vers le rivage. Ces pierres sont très glissantes.

Fernando fit ce qu'il lui disait malgré la douleur atroce qui lui transperçait le pied chaque fois qu'il essayait de le poser à terre.

— Ne force pas. Je pense que tu t'es fait une entorse. Assieds-toi sur ce rocher. Il est à peu près sec.

L'homme l'aida à s'asseoir et Fernando lui sourit.

— Merci, dit-il, d'une voix affaiblie par l'émotion, je vais me reposer un peu avant de me remettre en route. J'étais à la recherche d'un coin plus abrité où planter ma tente, expliqua-t-il. Puis, voyant que l'homme cherchait la tente des yeux, il ajouta : Non, pas par là. Je me suis installé de ce côté-ci, plus loin. Mais il s'est mis à pleuvoir des cordes hier soir et j'ai décidé de chercher un endroit plus abrité.

— Dans ton état, tu ne pourras pas aller bien loin, fit remarquer l'homme, avant d'ajouter après un court instant d'hésitation : J'habite près d'ici. Pourquoi est-ce que tu ne viendrais pas chez moi pour que nous puissions te bander le pied ? Je vais t'aider à te relever.

Fernando le regarda sans savoir que dire ou que faire. Voilà qu'il se trouvait à la merci de sa proie supposée. La déesse Fortuna – et dans une certaine mesure son ami expert en trafic aérien – avait fait en sorte de les réunir, et dans les meilleures conditions possibles (si l'on exceptait son pied) pour atteindre ses objectifs. D'un seul coup, la voie s'était ouverte et il n'avait plus besoin de trouver d'excuses ou de donner d'explications pour approcher l'homme d'affaires. Il n'allait pas lui dire qu'il était journaliste, et encore moins que lui, Ron, était sa cible. Il n'allait pas le mettre sur la défensive ou courir le risque de s'attirer sa colère et de se faire chasser de sa propriété alors qu'il ne pouvait pas marcher. Le mieux était de continuer à faire semblant d'être un simple randonneur venu chercher la paix et la solitude dans les vastes espaces de la Patagonie.

— J'imagine que tu es en vacances, dit l'homme comme s'il avait deviné ses pensées.

— Oui, plus ou moins. Je suis venu prendre un bol d'air. À Buenos Aires, la pollution est telle que la chemise blanche qu'on enfile le matin est noire de crasse quand on rentre le soir.

Tout en l'aidant à se mettre debout, l'homme répondit :

— Tu as raison. Nous sommes en train d'empoisonner la planète. Moi aussi, je recherche l'air pur de la Patagonie. Et l'eau pure.

Fernando lui tendit la main.

— Je m'appelle Fernando. Fernando Módena.

Ils commencèrent à longer lentement un sentier perpendiculaire à la rivière, le chien de berger sur leurs talons. L'homme regarda Fernando dans les yeux.

— Moi, c'est Ron, dit-il, confirmant les suppositions de Fernando. Et lui, c'est Sancho, ajouta-t-il en désignant le chien qui, en entendant son nom, poussa un petit aboiement de gratitude. Módena, ce n'est pas courant. Tu es parent avec l'ingénieur ?

— C'est mon père.

— Tiens donc ! Quelle coïncidence ! Ton père a réalisé quelques édifices tout à fait remarquables. J'ai eu l'occasion de le rencontrer à une époque où nous travaillions sur un projet ensemble. C'était il y a des années, précisa Ron. Des années, répéta-t-il.

— Lui et moi, on ne se parle plus beaucoup, dit Fernando, c'est un peu comme si j'étais orphelin.

Il rit pour cacher son embarras, craignant d'en avoir trop dit.

6

Entrer dans la maison de Ron ne signifiait pas laisser derrière soi le monde de ciel et de roche. La sensation d'espace ouvert n'était pas due qu'aux immenses baies vitrées. Les meubles de bois clair aussi y contribuaient, ainsi que les grands objets précolombiens en terre cuite, une toile représentant un paysage, et la lumière chaleureuse provenant de lampes discrètes. Dans la cheminée crépitait un bon feu de bois. Sancho alla se coucher devant les flammes avec un soupir de béatitude.

— Nous y voilà, dit Ron en accompagnant Fernando jusqu'à un grand sofa qui faisait face à la cheminée. Ôte des vêtements mouillés et mets-toi à l'aise. Je vais chercher des serviettes pour que tu puisses te sécher.

Étrangement, Fernando eut l'impression d'être chez lui. Tout doucement, car son pied le faisait toujours souffrir, il ôta ses chaussures et sa parka trempées ainsi que son bonnet et, sur un geste de Ron, s'enveloppa dans un grand drap de bain couleur sable. Ron lui tendit ensuite un pantalon et une chemise, et des pantoufles douces comme de la vigogne.

— Maintenant, habille-toi et nous allons examiner ta cheville, dit Ron.

À cet instant, une femme âgée entra dans le salon, vêtue de noir et blanc. *La plénitude et l'absence de couleur*, songea Fernando. La peau brunie, de grands yeux sombres, et les cheveux rassemblés sur sa nuque en deux tresses enroulées en chignon. Après l'expérience de la rivière et de l'orage de la veille au soir, cette apparition fit subitement remonter les contes de son enfance, telle une créature fantastique incarnant le monde des rêves et de l'inconnu. Mais quand la femme parla, sa voix était on ne peut plus réelle.

— J'apporte la trousse de premiers secours ?

— Aurora, je te présente Fernando. Fernando, voici Aurora, mon ange gardien.

La femme lui adressa un grand sourire généreux, dévoilant des dents d'un blanc éclatant.

— Nous allons le remettre d'aplomb en un clin d'œil. Je vais chercher mes affaires, monsieur Ron.

Aurora sortit de la pièce et revint aussitôt avec une boîte dont elle extirpa un flacon et des bandages. Avec beaucoup d'adresse et de douceur, elle enduisit le pied de Fernando d'onguent puis le pansa étroitement. Confortablement installé sur le canapé, il avait l'impression d'être le chevalier errant auquel une bonne fée prodiguait ses soins après la bataille.

— Il ne faut pas vous servir de ce pied pendant au moins un jour ou deux, déclara Aurora lorsqu'elle eut fini de le soigner.

Elle se leva pour partir quand Ron la rappela.

— Aurora, il est midi. Ce jeune homme doit être mort de faim. Que pouvons-nous lui offrir ?

— J'espère qu'il n'a rien contre les *empanadas*, dit-elle.

— Merci mille fois, Aurora, répondit Fernando. J'adore les *empanadas*.

Quelques instants plus tard, la femme revint avec un plat d'*empanadas* fumantes, une bouteille de vin et des fruits. Ron lui servit un verre en expliquant que le vin provenait de son vignoble de Mendoza.

Tout en mangeant, Fernando remarqua que Ron l'observait attentivement, comme s'il cherchait à déceler dans son attitude quelque chose de plus que ce que Fernando lui avait raconté. Sancho se leva, quémandant des yeux une *empanada*. Ron lui en donna une et le chien retourna aussitôt s'allonger au coin du feu, tandis qu'au-dehors, l'orage se déchaînait.

Avec un sourire en coin, Ron lui dit :

— Tu te demandes sans doute pourquoi je vis ici comme un loup solitaire. Il faut d'abord que tu saches que ceci n'est pas ma seule résidence. Ma préférée, oui, mais je passe une partie de l'année dans les Caraïbes ou en Europe. Toutefois, c'est ici que je me sens le mieux. Je crois que notre planète n'est pas avare d'espace. Peut-être : Il y a de vastes steppes et des océans inhabités d'un côté et des villes pareilles à des fourmilières de l'autre, si bien que chacun de nous a un recoin où se blottir sans effort et sans avoir à rogner les angles malcommodes.

Il marqua une longue pause.

— Sans doute te souviens-tu avoir joué, étant petit, à ce jeu qui consiste à loger des pièces en forme de triangles, cercles ou carrés dans un panneau de bois ? Et combien tu étais content quand tu parvenais à insérer la pièce de bois peinte dans l'espace correspondant… J'en suis venu à penser que l'univers est à cette image, que chacun de nous doit trouver l'espace qui lui convient le mieux. Nous nous entassons dans des gratte-ciel ou dans des boîtes de nuit pleines à craquer, nous voyageons en troupeaux sans même voir le paysage qui nous entoure. Et pourtant, il existe sur terre un endroit qui fut créé spécialement pour nous et qui nous attend. Je suppose que le jardin d'Éden, où vivaient Adam et Ève, était l'un de ces espaces et qu'ils y étaient tout à fait à l'aise.

Fernando, la bouche pleine d'une délicieuse *empanada*, acquiesça.

— C'est une pensée réconfortante pour qui se sent perdu. Il se tut un instant, puis ajouta : Comme moi.

— Tu te sens perdu ?

— Parfois.

— Moi aussi. Tout au moins, ça a été mon cas pendant de nombreuses années. Encore un peu de vin ?

Il y eut un long silence, dont Aurora profita pour retirer le plat d'*empanadas* et le remplacer par une corbeille de fruits que Ron présenta à Fernando.

— Ils viennent du Río Negro. Un autre jardin d'Éden. Tu peux les manger sans crainte. Aucun n'est un fruit interdit.

Fernando prit un abricot et le croqua avec délectation. Il se sentait à la fois merveilleusement bien, et coupable de se sentir aussi bien. Était-il en train de trahir l'hospitalité de cet homme, qui lui offrait le gîte et le couvert, ainsi qu'une conversation aimable, alors que son intention secrète était de lui soutirer des informations qui lui permettraient d'écrire un article indiscret et sans gêne ? Peut-être bien, mais il fallait tout de même qu'il aille de l'avant, songea-t-il pour se tranquilliser. Car ceci était, d'une certaine façon, son baptême du feu en tant que journaliste, la première d'une longue série d'épreuves qu'il allait devoir affronter. Mais il eut beau faire, il se sentit rougir.

— Le feu de bois chauffe rapidement la pièce sans même qu'on s'en rende compte. Un instant on a l'impression d'être un glaçon et celui d'après, de se retrouver dans une forêt tropicale, commenta Ron comme s'il cherchait à excuser la rougeur qui avait envahi les joues de Fernando. Si tu as la force de te lever, nous allons nous asseoir dans ces fauteuils, à l'écart de la cheminée. Et Aurora va nous servir le café.

Face à Ron, une tasse fumante à la main, et sous le regard attentif de Sancho qui n'avait pas quitté son poste au coin du feu, Fernando se sentait doucement gagné par le sommeil. La voix de Ron lui parvenait comme à travers un voile invisible.

— Le soir, quand je suis seul, je lis ou j'écoute de la musique. Parfois je joue du piano. Mal, mais je joue. Sancho aime la musique. N'est-ce pas, Sancho ? Il me semble que la musique permet de jeter un pont entre la nature et nous, qu'elle nous aide à sentir l'harmonie du monde. On raconte que même les plantes y sont sensibles. Quand Aurora arrose les plantes, elle leur chante des chansons. Au début, je trouvais cela absurde. Mais plus maintenant. Je suis convaincu qu'elles aiment ça.

Aurora emporta les tasses et Ron se leva de son siège.

— Et maintenant, une bonne sieste. Tu tombes de sommeil. Tu te sens de faire quelques pas ?

Fernando se leva et s'agrippa au bras que Ron lui offrait. Ils longèrent un couloir qui, sans doute à cause de son état, lui parut interminable. Puis Ron ouvrit une porte :

— Voici ta chambre.

C'était une pièce spacieuse, carrée, avec un grand lit au milieu, un petit secrétaire et une salle de bains. Le mur qui faisait face à la porte était entièrement vitré, et derrière, on apercevait la silhouette des arbres et des collines illuminés de temps en temps par les éclairs. Sur les autres murs étaient accrochés des fanions de clubs de rugby, des trophées de pêche et de surf, une épée incrustée de pierres de couleur, et un poster des Rolling Stones. Il y avait aussi une petite gravure à l'eau-forte. Il s'en approcha et reconnut, à sa stupeur, une image de saint François et le loup, comme celle qu'il avait vue dans un manuel scolaire. Il inspecta les rayonnages : quelques livres, trois ou quatre récompenses sportives, la photo d'un jeune garçon blond aux yeux très clairs. Ron remarqua qu'il observait la photo avec intérêt.

— C'est Michael, mon fils. Cette chambre est la sienne, mais il y a longtemps qu'il ne dort plus ici. J'ignore dans quelle partie du monde il se trouve à présent. Il hésita, puis ajouta : Il y a des années que nous ne nous voyons plus…

Il semblait sur le point de dire autre chose, mais il se tut.

Fernando se sentait étrangement attiré par ce visage juvénile. Il devait avoir le même âge que lui. Il se retourna pour demander à Ron de lui en dire plus à propos de son fils, quand il réalisa qu'il n'était plus là. La porte s'était ouverte et refermée sans qu'il s'en rende compte.

Il était épuisé et mal en point. Il se dévêtit, hésita à prendre une douche, puis décida que cela pouvait attendre le lendemain. Une fois nu, il se glissa entre les draps. Cet après-midi-là, il rêva que Ron, Michael, son père, le professeur Gutiérrez et même Alexia étaient des pièces à encastrer sur une grande planche de bois. Une main gigantesque s'efforçait de les caser un à un dans les espaces correspondants, mais malgré plusieurs tentatives, elle se trompait à chaque fois.

7

Après l'excitation de la rencontre, la frayeur de la rivière et la nuit d'orage sous la tente, Fernando dormit d'une traite jusqu'au lendemain matin. Quand il se réveilla, le soleil commençait à entrer par la fenêtre. Il regarda la pendule : sept heures. Penaud d'avoir dormi aussi longtemps, il se doucha, s'habilla et sortit dans le couloir. Quelqu'un avait eu la gentillesse de mettre une canne à sa disposition. Il s'y appuya et constata que la douleur avait sensiblement diminué depuis la veille. Dans la salle à manger, la table était mise. Un pain tout juste sorti du four, un assortiment de charcuteries, des douceurs, des fruits et une cafetière en argent dont s'échappait une odeur délicieuse l'attendaient patiemment. Il s'assit et attaqua son petit déjeuner. Sancho s'approcha pour lui faire fête. Fernando lui offrit un petit morceau de jambon. Le chien le prit délicatement entre ses dents, puis lui lécha la main en signe de gratitude.

— Avec plaisir, dit Fernando.

Aurora entra et le salua.

— Bonjour, jeune homme. Vous avez bien dormi ?

— Bonjour, Aurora. J'ai un peu trop dormi, je suis désolé. Je ne suis pas habitué à une telle tranquillité.

— Ici, la tranquillité, on en a à revendre. Enfin, peut-être pas à revendre, mais à partager, ça oui. Monsieur Ron m'envoie vous dire qu'après votre petit déjeuner, si vous vous en sentez la force, il vous attend sur la terrasse pour vous emmener faire un tour de la propriété en Jeep. N'hésitez pas à vous servir de la canne pour soulager votre cheville.

À sa stupeur, Fernando aperçut sa tente pliée, ainsi que toutes ses affaires, posées sur un banc contre un mur.

Voyant son étonnement, Aurora expliqua :

— C'est monsieur qui est allé chercher votre tente ce matin de bonne heure.

Cela signifiait que Ron avait décidé de lui offrir l'hospitalité au moins une nuit de plus, songea Fernando. Il en éprouva un léger ressentiment, et même de la colère. Il n'appréciait pas qu'un inconnu décidât à sa place. Il s'empara de la canne, et non sans quelque difficulté, se dirigea vers la terrasse.

— Bonjour. Excusez-moi. J'ai dormi comme une pierre.

— Les pierres nous apportent leur apaisement, c'est vrai. Et c'est une bonne chose. Nous avons beaucoup à apprendre de la patience des pierres.

— Et ici, ce n'est pas ce qui manque.

— Si tu veux, nous pouvons faire un tour en Jeep, proposa Ron. Il y a quelques points de vue qui valent le coup d'œil.

— Bonne idée, approuva Fernando, et ils se dirigèrent ensemble vers une imposante Jeep Renegade vert olive.

Ron l'aida à se hisser dans le véhicule et à prendre place sur le siège passager.

Ils roulèrent un petit moment à travers les bois de hêtres blancs et de cyprès, longèrent une prairie d'arbres de feu et de genêts, puis Ron s'arrêta dans un bosquet de chênes gigantesques et coupa le moteur pour qu'ils puissent apprécier le silence que troublait à peine le souffle de la brise dans les lichens barbus qui pendaient des arbres.

Ensuite, ils s'en furent admirer la spectaculaire vallée du Río Foyel, et les pics enneigés de la Cordillère, puis Ron se dirigea vers l'endroit où ils s'étaient rencontrés la veille, dans des circonstances périlleuses.

Lavées par la pluie, les feuilles des arbres scintillaient comme les pendeloques d'un lustre de cristal. Ils allèrent s'asseoir sur un gros rocher.

— La nature aime les contrastes. La roche, l'eau, l'air. Chacun nous enseigne quelque chose de différent et complémentaire à la fois. La vie qu'ils hébergent nous apprend à vivre. Les petits insectes sous les pierres. Les poissons dans l'eau. Les oiseaux qui volent au-dessus de nos têtes. Ce matin, un faucon s'est posé sur ce rocher, là-bas, et m'a fixé du regard un long moment comme s'il cherchait à me dire quelque chose. Après quoi il a déployé ses ailes et s'est envolé. Je me suis senti bête de ne pas avoir compris la leçon muette qu'il m'avait prodiguée.

— Déjà qu'on n'arrive pas à se comprendre entre nous, répondit Fernando. Comment pourrions-nous comprendre les autres espèces ?

— Mais justement, pourquoi en est-il ainsi ? Quand mon grand-père est arrivé du pays de Galles, c'était un garçon pauvre, dont l'éducation se résumait à une vie dans un pays minier, noir de suie, où les gens mouraient comme des mouches de maladies pulmonaires. Et ici, en Patagonie, il a travaillé et fait fortune. Il a appris en écoutant les autres, ceux qui savaient lire, ceux qui avaient l'expérience de la vie. Il a fondé une entreprise qui a prospéré petit à petit. Quand je l'ai connu, c'était déjà un vieil homme, à la barbe blanchie, avec une pipe qui ne quittait jamais sa bouche. Il m'emmenait me promener dans la campagne et il attirait mon attention sur toutes sortes de détails : l'écorce d'un arbre, le pétale d'une fleur, les délicates antennes d'un insecte. Et il me disait : « Et maintenant, souviens-t'en. » Mais je ne lui demandais pas de quoi je devais me souvenir. Je comprenais qu'il se référait à la beauté que les choses nous enseignent, comme si elles partageaient avec nous leurs trésors. Ce sont ces moments de grâce de l'enfance que je recherche à présent.

— Et vous les trouvez ?

— Oui, presque toujours.

Il y eut un long silence dans lequel le murmure de l'eau sur les pierres résonnait, semblable à une musique douce et sereine.

— Comme tu l'auras remarqué, j'ai gagné pas mal d'argent dans ma vie, dit Ron. Et pas toujours d'une manière irréprochable. Ou tout au moins d'une manière qu'aujourd'hui je renierais. Mais lorsque j'ai pris conscience de mes erreurs, que j'ai compris que la vie que je menais n'était pas la bonne, j'ai décidé de revenir à cet état de curiosité et d'émerveillement propre aux enfants, d'écouter à nouveau mon grand-père me dire de regarder telle feuille, tel nuage, tel insecte volant, et de redécouvrir la beauté du monde et de la protéger. Et pour éviter qu'elle ne soit détruite par l'égoïsme, l'insouciance, le manque de sensibilité et de solidarité, l'ambition démesurée…

Ron s'interrompit, comme si un souvenir venait de jaillir dans son esprit, qui réclamait toute son attention.

— En fin de compte, créer la beauté est la mission des artistes, des musiciens, des poètes, et la passion des âmes nobles. Mais nous avons tous l'obligation de la reconnaître, de l'apprécier et de la protéger. La beauté est ce qui donne du sel à la vie, elle est sa justification. Et je ne parle pas seulement de la beauté physique extérieure et superficielle des personnes ou des objets. Ni même de la seule beauté des forêts centenaires, des ruisseaux d'eau pure, de la neige immaculée au sommet des montagnes, ni de celle des plages de sable fin aux eaux transparentes, que j'ai pu protéger, ou même de certains troupeaux de gazelles ou de rhinocéros menacés d'extinction par la bêtise de chasseurs au cœur endurci. Il y a tant d'espèces à protéger ! Le cyprès, le hêtre austral, le *Mulinum spinosum*, le lupin mauve, violet, rose, bleu, le lys des Incas orange, le hêtre de la Terre de feu… Pour un botaniste, c'est un paradis.

— C'est vrai que ce paysage renferme une grande beauté ! s'exclama Fernando.

— J'aime me dire qu'elle est insignifiante comparée à celle que pourrait renfermer le cœur d'un homme. Une beauté qui, comme l'explique l'auteur du *Petit Prince*, ne peut se voir qu'avec le cœur : la bonté d'un vieux sage, la surprise et la joie d'un enfant qui reçoit un cadeau inespéré, l'humilité de celui qui partage avec sincérité, et la générosité de celui qui ouvre son cœur pour recevoir les embrassades de l'amitié authentique, et les baisers pleins de vie d'un amour véritable. C'est cette beauté-là que j'aime découvrir dans le monde, plus encore qu'une île paradisiaque jamais habitée. Et s'il existe un Dieu créateur dans l'univers, je suis certain que cette beauté imprévisible, jaillie librement du cœur des hommes, est celle qu'il préfère contempler tout au long de sa patiente éternité.

Le soleil avait atteint le zénith. La cime des arbres se balançait au vent et un vol d'oiseau que Fernando ne parvint pas à identifier s'élança dans le ciel en spirales joyeuses. Une truite bondit hors de l'eau, puis replongea dans le courant. Les pierres scintillaient, passant du rose au gris et du gris au bleu.

Devant l'insistance de Ron, Fernando accepta son hospitalité jusqu'à ce que sa cheville fût remise, tout au moins suffisamment pour qu'il puisse se déplacer sans risque. Pendant la journée, il bavardait avec lui ou avec Aurora, lisait un livre trouvé dans la bibliothèque de la maison, le pied posé en hauteur, sur un coussin.

Et parfois, sa cheville enveloppée de glace, il allait faire quelques pas dans le jardin avec Sancho. Il lui arrivait d'observer le vol d'un oiseau, puis de chercher son nom dans le gros manuel d'ornithologie que Ron laissait toujours ouvert dans le salon. C'est ainsi qu'un jour, il vit un couple de hérons blancs qui décrivirent des cercles au-dessus de la maison avant de virer à l'est en direction de l'Atlantique.

Un après-midi, tandis que Ron préparait un feu de bois sous le regard vigilant de Sancho, Fernando entreprit de lui raconter sa vie. Sans lui dire qu'il avait fait des études de journalisme – car il ne voulait pas lui révéler le véritable motif de son voyage –, il lui parla de sa passion pour l'investigation, une passion peut-être née de son goût pour les romans policiers quand il était adolescent, et du plaisir de transcrire avec des mots les résultats de ses observations. Il lui avoua que, des années auparavant, il avait essayé d'écrire un roman, mais qu'il avait renoncé, jugeant le résultat décevant.

— Je continue de prendre des notes, dit-il en sortant de sa poche un carnet à la couverture noire et un stylo bleu. Pourquoi au juste ? Je l'ignore. Mais c'est comme ça. Il rangea le carnet et le stylo dans sa poche et ajouta : Je pense que je ne sais toujours pas à quoi je suis destiné. Je ne le saurai que lorsque j'aurai trouvé ma voie, mais en attendant, je m'essaie un peu à tout. J'ai toujours pensé que quelque chose ou quelqu'un me guiderait et me montrerait le chemin. Quand j'étais petit, je disais que c'était la déesse Fortuna.

Il rit.

— Quand Fortuna te montrera la voie, tu sauras, lui dit Ron.

— J'ai essayé d'en parler avec mon père, mais il n'a rien voulu savoir. C'est un homme rigide, aux idées bien arrêtées. Il avait décidé que je ferais des études d'ingénieur, comme lui, sauf que je n'entends rien aux chiffres. Si ma mère avait encore été de ce monde, elle aurait essayé de lui faire entendre raison, de lui expliquer que mon talent était ailleurs. Mais il est resté inflexible. D'après lui, chacun de nous choisit ce qu'il veut faire dans la vie, et seule la volonté, et non pas cette chose qu'il désigne avec mépris comme « l'inspiration », nous pousse à accomplir notre destin.

— Les relations entre un père et son fils sont toujours difficiles, dit Ron. Peut-être parce que le père voit en son fils un reflet de ce qu'il a été lui-même ou aurait pu être et qu'il veut le sauver, ou l'aider. Un père ne comprend pas toujours qu'on ne possède pas un fils comme on possède un chien ou une paire de chaussures, qu'un enfant doit chercher seul sa voie dans l'obscurité du monde. Il se tut un instant, puis ajouta : Je parle en connaissance de cause.

Maintenant que le feu crépitait joyeusement, Ron se releva et alla s'asseoir dans le fauteuil en face de Fernando, qui s'enhardit à lui demander :

— Vous voulez dire que vous avez eu le même problème avec votre fils, Michael ?

Il y eut une longue pause durant laquelle Fernando eut l'impression d'avoir franchi une ligne rouge en enfreignant une règle implicite de leur nouvelle relation. Il attendit sans rien ajouter.

Sans lever les yeux de la cheminée, comme s'il s'adressait aux flammes, Ron dit :

— J'étais très jeune quand je me suis marié, avec une femme qui aimait les mondanités, le luxe, les fêtes et les voyages. C'était, il faut bien le dire, une femme très séduisante, et aussi très intelligente. Il ne faut pas croire que ceux qui ne partagent pas nos goûts, nos centres d'intérêt ou notre façon de penser sont moins intelligents que nous. Souvent, même, ils le sont plus, mais c'est une forme d'intelligence différente. Ma femme était ainsi : son intelligence consistait à savoir quel chemin emprunter pour arriver à ses fins – un peu comme ces sourciers qui ont le don de déceler des sources souterraines. Elle cherchait son bonheur dans les choses matérielles et les relations mondaines. Et elle faisait mouche à chaque fois. À présent, elle vit avec un magnat des Émirats. Et elle est heureuse, me semble-t-il.

Ron se leva pour remuer les braises dans la cheminée, puis se rassit.

— Mon entreprise était spécialisée dans la fabrication de produits chimiques utilisés dans l'agriculture intensive. Comme tu peux l'imaginer, afin d'obtenir le produit le plus efficace et accessible possible, nos spécialistes ont eu recours à des substances particulièrement nocives pour l'environnement si elles n'étaient pas manipulées avec soin. Nous avons eu beau prendre toutes nos précautions, l'impensable est arrivé. Suite à une défaillance de l'une de nos unités de fabrication, une grande quantité de produit s'est déversée dans la rivière voisine, et pendant des mois, les eaux contaminées ont empoisonné les villageois, les plantations et le bétail. Ce fut une tragédie. Notre entreprise a perdu le procès qui nous a été intenté. Nous avons payé une amende, mais ça n'étant pas suffisant, à mes yeux tout au moins.

Il y eut un autre long silence, puis :

— Les mystiques disent que le repentir ne suffit pas. Une faute ne saurait se racheter par une autre faute, pensaient les prophètes de l'Ancien Testament, œil pour œil ou dent pour dent. Le repentir doit se traduire par des actions positives, il doit construire là où l'on a déconstruit, laver là où l'on a sali. Et pas seulement sur les lieux du drame, mais également dans le cœur du coupable. Le repentir commence par la reconnaissance de la faute. Il faut voir la poutre dans son œil, avant de voir la paille dans l'œil de son prochain. Et c'est ainsi que j'ai commencé mon examen de conscience. Je me suis efforcé de comprendre qui était cette personne que je voyais chaque jour dans le miroir. Comment elle se comportait, pour quoi, et quelles étaient les conséquences de ses actes. Et petit à petit, j'en suis venu à réaliser que tout ce qui nous maintient en vie se transforme en poison si l'amour en est absent. Nous sommes dans ce monde pour servir la beauté, en particulier celle qui est invisible pour les yeux. Quand je dis ce genre de choses, j'ai toujours peur qu'on me prenne pour un bonimenteur, ou un hypocrite. Mais il n'empêche que je suis désormais en paix avec moi-même, ce qui me permet d'être en paix avec le monde et avec mes semblables. J'ai compris non seulement la souffrance des gens qui ont subi la catastrophe dont mon entreprise était responsable, mais aussi celle des chimistes et des chercheurs qui travaillaient là-bas. J'ai compris le bonheur que sa nouvelle vie procure à ma femme. Et j'ai compris, du moins j'ose l'espérer, le message que l'épervier m'a transmis ce matin.

Soudain, Fernando eut l'impression que Ron et lui se trouvaient sur une petite planète perdue, tels deux naufragés de l'univers, sans personne autour. Quand Ron reprit la parole, sa voix avait pris une tonalité différente.

— Mais avec Michael, mon fils, ça ne s'est pas passé ainsi. Je crois que je n'ai jamais réussi à le comprendre complètement. Petit, il était difficile, capricieux, comme beaucoup d'enfants. Au début, j'ai essayé de le discipliner. Après quoi, je l'ai laissé faire ses caprices, sans chercher à intervenir. Mais quand il est entré dans l'adolescence, enfin, un peu plus tard, vers les dix-sept, dix-huit ans, j'ai décidé de lui parler. Pas en me posant en père tout-puissant, non. C'était plutôt une conversation d'un père avec son fils, d'un homme avec un autre homme. Je voulais savoir ce qu'il avait l'intention de faire dans la vie. Je savais qu'il aimait le sport, le rugby, la pêche de compétition, l'athlétisme, le surf. Mais rien de tout cela n'offrait de perspectives professionnelles. Nous avons parlé pendant des heures. Ou plus exactement, c'est moi qui ai parlé, comme je le fais en ce moment. Je lui ai demandé quels étaient ses projets, ses rêves, ses souhaits. Et sais-tu ce qu'il m'a répondu ?

Fernando attendit en silence que Ron réponde à sa propre question.

— Il m'a demandé de l'argent. Il voulait que je lui donne une somme importante. Cent mille dollars, pour pouvoir partir explorer le monde, partir à l'aventure. Ensuite, il verrait. Ron poussa un profond soupir, comme si ce souvenir lui était encore pénible, puis ajouta : J'ai refusé. S'il avait eu un projet concret, si délirant soit-il, ou un investissement en vue, j'aurais accepté de l'aider. Mais pas de lui servir de l'argent comme ça, sur un plateau, pour qu'il le dépense dans n'importe quoi en parcourant le monde. Ça, non.

— Il ne voulait rien d'autre ?

— Rien d'autre. Ou, en tout cas, il ne m'a donné aucune explication. Quand je lui ai dit non, il m'a fait toutes sortes de reproches, déclarant que jamais je ne m'étais vraiment intéressé à lui ; que mes affaires passaient toujours avant tout le reste ; que j'avais laissé partir sa mère par pur égoïsme, pour pouvoir vivre comme je l'entendais sans avoir à me préoccuper des uns ou des autres. Et que, par-dessus le marché, j'étais en train de polluer la planète, que je ne me souciais que de mon petit confort et de rien d'autre ! Il m'a traité d'hypocrite, de sans-cœur, d'égoïste. Et il a ajouté que c'était la dernière fois que je le voyais. Tant pis si je ne lui donnais pas d'argent, il se débrouillerait tout seul. Comme il l'avait toujours fait.

— Et il est parti comme ça, sans rien dire de plus ?

— La dernière parole qu'il a prononcée a été « adieu ». J'ai attendu, espérant recevoir de ses nouvelles un jour. J'ai interrogé ses amis, le peu d'amis qu'il avait, et la fille avec qui il sortait à l'époque. Mais personne ne savait rien. Sa copine était désespérée, elle pensait que Michael s'était peut-être suicidé. J'ai engagé un détective pour qu'il parte à sa recherche. Semaine après semaine, le détective m'a envoyé son rapport. Il avait réussi plus ou moins à retrouver sa trace. Il semblerait que Michael ait quitté l'Argentine il y a deux ans. Il est allé au Brésil, où il a croisé sa mère, par hasard. C'est elle qui me l'a dit quelques mois plus tard. Ensuite, d'après le détective, il est allé au Pérou, puis de là au Costa Rica. Après quoi, plus rien. Comme si Michael s'était évaporé. Les dernières personnes qui l'ont vu, dans une station balnéaire, racontent qu'il s'était joint à un groupe de jeunes avec qui il passait ses journées à faire du surf et ses nuits à faire la fête. C'était il y a plusieurs mois déjà. Et depuis, pas une heure ne se passe sans que je pense à lui.

Fernando songea à la photo du jeune garçon blond, tout en muscles et au sourire espiègle, qu'il avait vue dans la chambre. Il se l'imagina fougueux, obstiné et rebelle, et se dit qu'il aurait bien aimé le rencontrer – car il se sentait attiré par ce personnage mystérieux et libre.

Ron reprit la parole.

— Tu sais, il est injuste de dire que je n'étais pas présent quand Michael était petit. Mais dans ces moments-là, ce ne sont pas les faits qui priment, sinon le ressenti que nous en avons. Moi, j'en ai gardé un certain souvenir, et Michael un autre. Et nous avons raison tous les deux, dit Ron en souriant. J'ai passé en revue toutes les scènes dont je me souviens avec Michael enfant : quand on allait ensemble au cinéma, voir des films de Rocky qu'il aimait tant. Quand on mangeait une pizza devant la télé. La fois où j'avais réussi à me procurer des billets pour le match des Pumas contre les All Blacks à Buenos Aires. Et aussi celle où je lui ai appris à monter à vélo. Pour ses six ans, je lui avais acheté une bicyclette bleue qui le fascinait mais qui l'effrayait. Alors nous sommes allés au parc et je l'ai fait asseoir sur la selle. Et nous nous sommes promenés ainsi, lui sur le vélo et moi le tenant. Il a commencé à pédaler, d'abord timidement, et puis de plus en plus vite, et après quelques tours, j'ai pensé que le moment était venu de le lâcher. Pendant quelques instants, sans même s'en rendre compte, il a continué de pédaler tout seul. Mais quand il a tourné la tête et vu que je n'étais plus derrière lui, et qu'il était tout seul sur sa bicyclette, il a perdu l'équilibre et il est tombé. Il s'est écorché le genou mais n'a pas pleuré. Il m'a simplement dit : « Tu as vu, papa, j'y suis arrivé tout seul ! » Et j'ai pensé que c'était ça, le rôle d'un père : apprendre à son fils à se lancer et savoir lâcher prise le moment venu.

8

Le lendemain matin, Fernando fit ses préparatifs pour regagner Buenos Aires. Il était en proie à un malaise de plus en plus profond, car il n'arrivait plus à jouer la comédie ou à prendre le recul nécessaire pour pouvoir juger de la sincérité de Ron quand il affirmait qu'il faisait tout ce qu'il pouvait pour réparer ses erreurs. La sympathie que les confessions de Ron avaient éveillée en lui, mais aussi l'attrait grandissant que le jeune et beau fantôme blond de la photo, dans la chambre à coucher, exerçait sur lui, lui donnait un sentiment de culpabilité, et il était bourrelé de remords. Après tout, Ron l'avait accueilli à bras ouverts. Il l'avait soigné, avait partagé son toit et sa table avec lui, et avait échangé avec lui d'égal à égal. De sorte que trahir la gentillesse et la générosité de son hôte était hors de question. Et, au-delà de ce que cela impliquait pour lui-même, comme ne pas décrocher un poste au journal, ou même accepter le fait de ne pas être taillé pour le journalisme, il réalisa qu'il n'écrirait jamais cet article.

La table était à nouveau mise, et une fois de plus, Ron n'était pas là. Fernando se servit du café et contempla avec tristesse – pour ce qu'il supposa être la dernière fois – les arbres, les rochers et le ciel. Aurora apparut et demanda :

— Alors, comme ça, vous avez décidé de nous laisser ?

— C'est que je ne veux pas abuser de la générosité de monsieur Ron. Lui et vous m'avez accueilli avec une telle gentillesse et sans contrepartie.

— Pas tout à fait sans contrepartie. Cela fait du bien à monsieur Ron de parler. La plupart du temps, nous sommes seuls, lui et moi. Parfois Tulio, son pilote, vient manger. Mais personne d'autre. Jamais. Il y a des jours où nous n'échangeons pas un mot. Tout juste un bonjour et un bonsoir. Mais quand vous êtes arrivé, il s'est métamorphosé. J'ai rarement vu monsieur aussi bavard.

— Il a toujours été taciturne ?

— Non. Je suis entrée à son service il y a plus de trente ans, quand il venait d'épouser madame Nelly. Il courait à droite et à gauche, et je devais toujours veiller à ce que sa valise soit prête parce qu'il pouvait partir à tout moment Dieu sait où. Mais à l'époque, il parlait volontiers. Il venait à la cuisine, s'asseyait pour boire un maté, me décrivait les pays qu'il avait visités, les forêts, les déserts, les villes étranges où l'on mange des insectes et des serpents, et où les femmes se couvrent de la tête aux pieds pour que les hommes ne se laissent pas séduire par leurs charmes. Et il me rapportait des cadeaux : des châles, des coffrets en bois exotique, des pierres semi-précieuses. Et moi, j'avais l'impression de vivre un conte des mille et une nuits. Et ensuite, quand le petit Michael est né, c'est à lui qu'il a rapporté des cadeaux. Une fois, il lui a rapporté une épée incrustée de pierres de couleur. Madame Nelly a voulu la lui confisquer, parce qu'elle pensait, avec raison, que ce n'était pas un jouet. Mais monsieur a insisté pour qu'il la garde et Michael l'a accrochée au mur de sa chambre avec ses trophées de rugby et de surf. Si vous aviez vu comme il était fier de son épée ! C'est la première chose qu'il montrait à ses amis quand ils venaient à la maison.

— Et à partir de quand monsieur Ron a-t-il commencé à changer ?

— À partir du jour où le jeune Michael lui a annoncé qu'il partait pour toujours. Ce soir-là, et le lendemain, monsieur Ron n'a pas avalé une bouchée. J'ai eu beau insister, rien à faire. Il lui a fallu un temps fou pour se remettre. Je crois qu'il ne s'en est jamais complètement remis d'ailleurs. Il continue de voyager, mais beaucoup moins qu'avant. Il nous arrive de passer un peu de temps à Ibiza ou en Cerdagne, dans une de ses maisons, mais c'est ici qu'il est le plus heureux.

— Et vous, Aurora, vous êtes originaire de Patagonie ?

— Oh, mais pas du tout monsieur ! Je suis de Salta[1]. Toute ma famille est de là-bas. J'étais encore toute jeune quand je suis partie chercher du travail à Buenos Aires. Et grâce à sainte Anne et à la Sainte Vierge, bénie soit-elle, j'ai fait la connaissance de monsieur Ron. Une cousine à moi travaillait pour un ami à lui. Et elle m'a

1. Province du nord-ouest de l'Argentine.

recommandée. Si vous m'aviez vue à l'époque ! J'étais terrorisée. Pensez, aller vivre chez des étrangers ! Mais dès que j'ai commencé à travailler pour monsieur, je me suis sentie en sécurité, protégée, comme si rien de mal ne pouvait m'arriver sous son toit. Je touche du bois, et je prie la Sainte Vierge pour qu'il en soit toujours ainsi.

— C'est vrai qu'on se sent en sécurité ici.

Il était presque midi quand Ron fit son apparition, ses bottes à la main.

— C'est un véritable marécage dehors. Heureusement que nous avons rapporté tes affaires à la maison. Sans quoi, à l'heure qu'il est, elles seraient ensevelies sous un torrent de boue, comme les vestiges de Pompéi.

— Ron, je voulais vous remercier pour tout. Votre hospitalité et vos paroles. Comme je vous l'ai dit hier soir, je rentre demain à Buenos Aires avec les idées plus claires. Ça m'a fait beaucoup de bien de parler avec vous.

— Tu as donc décidé de continuer ta route ? Nos conversations vont me manquer. J'aurais tant aimé apprendre à mieux te connaître.

— Moi aussi. Mais peut-être que l'occasion se représentera un jour. Sincèrement, ça me ferait très plaisir.

Ron ne dit rien pendant un long moment, et Fernando craignit de l'avoir offensé. Les deux hommes se tenaient debout devant l'immense baie vitrée, immobiles comme les arbres qui bordaient le sentier. Au bout d'un moment, Ron se décida à parler.

— Et si nous demandions à Aurora de nous prédire si cette rencontre va se faire ou pas ?

— À Aurora ?

— Oui, je ne te l'ai pas dit, mais Aurora sait tirer les cartes. Le tarot. Ne ris pas. « Il y a plus de choses sur la terre et dans le ciel que n'en rêve votre philosophie », comme disait Hamlet. Nous ne savons pas tout, nous ne pouvons pas tout savoir par le seul biais de la recherche scientifique ou mathématique. L'intuition, l'inconscient jouent un rôle important. Ils nous aident à comprendre les mystères de l'univers. Ils sont comme ces oiseaux qui arrivent à s'orienter alors qu'ils volent au-dessus de l'océan. Nous avons tous une boussole intérieure.

Aurora, silencieuse comme toujours, était revenue dans la salle à manger avec un coffret de bois orné de dessins indigènes. Elle le posa sur la table, l'ouvrit et s'assit.

— C'est ma grand-mère qui m'a appris, dit-elle en regardant Fernando avec un sourire gêné. À dire vrai, je ne crois pas vraiment à ce genre de choses, mais je suis bien obligée de reconnaître que, parfois, je suis surprise moi-même du résultat.

— Je confirme, dit Ron en riant.

Fernando s'assit face à Aurora et Ron prit place à sa droite.

Les mains cuivrées de la femme se mirent à voler au-dessus de la table et les cartes retournées s'alignèrent bien proprement, tels des carreaux de faïence andalouse. Après quoi, Aurora commença à les découvrir une par une.

— La même carte revêt une signification différente selon qu'elle se présente tête en haut ou en bas. Par exemple – elle montra la première carte de la rangée. L'as de Coupe est à l'envers. Les coupes personnifient l'eau, les sentiments qui changent comme l'eau. Cet as, tel qu'inversé ici, signifie qu'il y a du changement dans l'air. Un voyage peut-être ? Oui, car la carte suivante est le cavalier de Coupe, qui symbolise les voyages, et la rencontre avec un être cher.

— Ce que vous dites là, Aurora, c'est pour moi ou pour Ron ? demanda Fernando.

— C'est à vous que je tire les cartes. Ensuite, ce sera le tour de monsieur Ron. Ah, regardez, le deux de Denier. Les deniers représentent la terre. Et le deux représente les embûches, les obstacles. Votre voyage s'annonce compliqué.

— J'espère que je ne vais pas rencontrer de problèmes en rentrant à Buenos Aires, dit Fernando en riant. La tempête d'hier soir semble s'être calmée.

— Et ça ? s'interrogea Aurora en fronçant les sourcils. Le huit d'Épée est à l'envers ? Les épées représentent l'air, l'âme. Mais découvert ainsi, à l'envers, le huit représente le mal, un malheur. Une perte.

— Aurora, il ne faut pas effrayer notre jeune ami, dit Ron.

— J'en sais suffisamment, dit Fernando. À présent, au tour de monsieur Ron. Je ne veux pas être le seul à connaître mon destin.

— Vous avez raison d'en rire, dit Aurora. Ces choses-là ne doivent pas être prises comme la loi de Dieu.

— Ou du diable, lança Ron avec un clin d'œil à Fernando. Aurora se signa, ramassa les cartes et recommença à les étaler. Pour monsieur Ron, le cinq de Coupe à l'envers. La famille, les sentiments. Et nous savons que monsieur Ron a un cœur immense.

Ron secoua la tête en souriant.

— Six de Coupe, à l'envers également. Cela signifie que ce qui apparaît ici appartient au futur peut-être lointain.

— Comme ça, j'ai le temps de me préparer. Merci, Aurora, dit Ron.

Aurora retourna une autre carte.

— Mais elles sont toutes à l'envers ! Maintenant, c'est le roi d'Épée. Quelqu'un de nouveau entre dans votre vie privée, monsieur Ron. Quelqu'un que vous ne connaissez pas.

— Fernando, bien sûr. Vous êtes en train de tout inventer, Aurora, avouez !

— Mais enfin, monsieur Ron, comment pouvez-vous dire une chose pareille ? Vous savez que je ne plaisante jamais avec ce genre de choses. Même si les cartes ne sont pas les messagères de Dieu, ma grand-mère disait qu'il faut toujours les prendre au sérieux.

— Bien. Continuez.

— Valet d'Épée à l'envers. Encore une tuile, et peut-être, aïe, une perte terrible. Mais j'insiste, on ne peut pas en être sûr. Ce ne sont que des probabilités.

Fernando remarqua que la voix d'Aurora avait pris une tonalité différente, comme si elle avait cherché à dissimuler une sourde angoisse. Mais soudain, elle eut l'air rassérénée.

— As de Bâton à l'envers. Les bâtons symbolisent le feu, le travail physique. Et cet as de Bâton à l'envers est porteur d'une bonne nouvelle, la récompense pour un travail bien fait. Une naissance peut-être.

— Voilà qui est mieux, approuva Ron.

— Et maintenant, le huit de Denier. Oui, c'est la confirmation d'une nouvelle importante – mais bonne –, et aussi une jeune femme, ajouta Aurora, apaisée. Et pour terminer, le deux de Coupe. Il multiplie par deux tout ce qui a été révélé. Autrement dit, il y aura deux bonnes nouvelles.

— Et deux mauvaises, fit remarquer Ron. Si la bonne nouvelle est multipliée par deux, la mauvaise aussi.

— Mais, est-ce qu'elles ne pourraient pas s'annuler mutuellement ? suggéra Fernando.

— Non, non, elles vont toutes se réaliser, dit Aurora, l'air grave, mais nous ne savons pas dans quel ordre ni de quoi il s'agit exactement, ajouta-t-elle comme pour s'excuser. C'est ce que disait ma grand-mère en tout cas.

— Aurora, vous n'avez pas répondu à ma question, dit Ron. Est-ce que nous allons nous revoir ?

Aurora tira une autre carte : le cavalier de Coupe.

— Oui, dit-elle, mais on ne sait pas quand.

9

Ce soir-là, au dîner, c'est à peine si Ron prononça un mot. Quand arriva le café, il était toujours pensif, le regard fixé sur la petite cuillère qui lui servait à remuer le sucre dans sa tasse, comme si le petit tourbillon de mousse qui s'était formé à la surface était une de ces spirales brillantes dont se servent les hypnotiseurs pour mettre leurs victimes en transe.

Quand Aurora eut fini de débarrasser, Ron se leva et alla s'asseoir au piano. Ses doigts se mirent à courir sur les touches, formant une mélodie que Fernando connaissait mais qu'il ne parvint pas à identifier. La musique ressemblait à un dialogue entre Ron et le clavier, dans une langue dont Fernando ne comprenait que la tonalité, mais qu'il était impossible de traduire avec des mots. Le feu dans la cheminée jetait de grandes ombres sur le mur, qui semblaient danser au rythme de la mélodie. Fernando les contempla jusqu'à ce que Ron cesse de jouer et se lève, puis sorte de la maison en refermant les grandes portes vitrées derrière lui, comme pour faire comprendre à Fernando qu'il voulait être seul.

Fernando retourna dans sa chambre et commença à ranger ses affaires dans son sac à dos. Soudain, il s'arrêta, son regard attiré par la photo du jeune homme qui semblait lui sourire, à lui, Fernando, depuis son cadre sur l'étagère.

À quoi ressemblait vraiment ce Michael ? Où était-il à l'instant présent ? Quelle était la véritable raison de sa brouille avec son père ?

Fernando pensa à son propre père et une violente nostalgie s'empara de lui. *Le plus curieux,* songea-t-il, *c'est qu'il me manque, ce* père qui m'*offrait des Meccano et des modèles réduits d'avions quand j'*étais petit. *Si seulement j'avais pu lui expliquer ce que je ressentais vraiment, combien j'avais besoin de lui. Un jour peut-être... Peut-être.* Soudain, on frappa à la porte et la voix de Ron demanda :

— Je peux entrer ?

— Oui, oui, bien sûr, répondit Fernando.

Ron entra et son regard se posa sur le sac à dos à demi rempli. Fernando remarqua qu'il tenait un dossier sous son bras. Le maître de maison s'assit devant le secrétaire et fit signe à Fernando de s'installer au bord du lit.

— Fernando, j'ai une proposition à te faire.

Le garçon posa ses mains sur ses genoux et attendit, légèrement anxieux.

— Comme je te l'ai expliqué, la disparition de mon fils, Michael, m'angoisse terriblement. Je dirais même que c'est la seule chose qui m'angoisse en ce moment.

Je pense avoir réussi à faire la paix avec moi-même, avec mon entourage et avec mon passé. Je pense que, dans une certaine mesure, j'ai payé ma dette envers le monde que j'ai offensé par mes actes irréfléchis et égoïstes. Mais il y a un vide que je ne parviens pas à combler, un puits noir, sans fond, qui hante tous mes rêves. C'est l'absence de Michael.

Il y eut un long silence que Fernando n'osa pas rompre, puis Ron reprit :

— Comme tu le sais, j'ai engagé un détective qui n'a pas réussi à retrouver sa trace.

Fernando acquiesça.

— Mais ces jours-ci, j'ai interprété ta venue ici comme une sorte de signe du destin, et j'ai repris espoir. Tu es jeune, audacieux, intelligent, sensible. Je l'ai remarqué dès le premier jour. Et c'est pourquoi l'idée m'est venue de te confier l'enquête.

— À moi ? s'étonna Fernando, abasourdi.

— Tu m'as dit que tu n'avais pas de projets précis dans l'immédiat. Cela te donnerait un but, l'occasion de voyager, de faire un peu connaissance avec ce monde désordonné et magnifique qui est le nôtre. Quelque chose me dit que toi et lui vous entendriez bien. Je pense que vous êtes complémentaires comme les deux faces d'une même monnaie. Toi, plus patient et réfléchi ; Michael, plus fougueux et rebelle.

— Je ne sais que vous dire. Le regard de Fernando se porta à nouveau vers la photo. Vous croyez que j'en suis capable ?

— Fernando, il ne s'agit pas d'une mission extravagante. Je crois que tu pourrais au moins essayer, et je ne doute pas une seconde que tu y mettras toute ton énergie et ta bonne volonté. Que demander de plus, que ce soit à un détective privé ou à un jeune garçon sympathique à l'esprit aventurier ?

— Mais, comment m'y prendre ? Je n'ai jamais rien fait de pareil. Je ne saurais pas par où commencer, qui interroger, quelles questions poser...

Alors qu'il prononçait ces paroles, Fernando se sentit envahi par un horrible sentiment de culpabilité. Il avait fait l'école de journalisme, où il avait appris comment investiguer dans un cas semblable à celui-là, comment trouver ce que le professeur Gutiérrez appelait « une proie », se mettre dans la peau du limier. Mais il ne pouvait pas le dire à Ron qui, à cet instant précis, le regardait avec une telle gentillesse dans les yeux.

Ron sourit et lui remit le dossier qu'il avait apporté.

— Toutes les informations dont je dispose sont dans ce dossier. Les rapports du détective, quelques lettres que Michael m'a écrites avant de disparaître, des photos de lui et de nous deux posant ensemble. La liste de ses amis et des lieux qu'il fréquentait. Michael n'a jamais été un fan des nouvelles technologies, il n'utilise pas de portable, de sorte que le détective n'a trouvé aucune trace de lui sur Internet.

Fernando ouvrit le dossier. Le visage de Michael lui apparut sous plusieurs angles, avec des expressions différentes, toutes plus séduisantes les unes que les autres. Et toujours les mêmes yeux bleus, la même chevelure blonde, le même corps musclé.

— Tu trouveras le nom et les coordonnées du détective. Il s'appelle Gonzalo Tavares. Je vais lui envoyer un message pour lui annoncer ta visite. Naturellement, tous tes frais sont à ma charge.

Fernando parcourut des yeux les noms, numéros de téléphone et adresses figurant sur les documents. S'il acceptait la mission, par où devrait-il commencer ? Comme s'il avait deviné ses pensées, Ron lui dit :

— Demain, en rentrant à Buenos Aires, tu iras voir Tavares. Tu devras certainement te rendre là où Michael a été aperçu pour la dernière fois. C'est un petit village du Costa Rica que je connais. Tamarindo. Un spot bien connu des surfeurs du monde entier, à cause de ses vagues, qui ont, dit-on, une qualité particulière. Il y a un vol reliant Ezeiza à Atlanta, et ensuite un autre jusqu'à l'aéroport de Liberia, au Costa Rica.

Il fit une pause pour observer la réaction de Fernando. Comme s'il avait craint qu'il ne refuse, Ron poursuivit :

— Appelle-moi quand tu auras vu Tavares. Et cette nuit, tâche de bien dormir. Demain, on se voit au petit déjeuner, et ensuite Tulio t'amènera à l'aéroport. Voici une carte de crédit avec son code. Je sais que tu l'emploieras à bon escient en fonction de tes besoins.

Il se leva et sortit de la chambre. Fernando jeta un dernier coup d'œil aux papiers contenus dans le dossier et prit une photo de Michael, bronzé et souriant sous le soleil, avec sa planche de surf sous le bras. Il mit son carnet de notes dans le dossier qu'il rangea dans son sac à dos. Puis il glissa la carte de crédit et la photo dans son portefeuille. Après quoi, il se déshabilla et se coucha. Dehors, le vent soufflait doucement, comme pour l'encourager.

10

Une semaine plus tard, Fernando atterrit à Tamarindo. Lorsqu'il sortit sur la passerelle de l'avion et inspira profondément, une vague d'air chaud l'atteignit en pleine poitrine comme un coup de poing. Des effluves moites de fruits mûrs et de fleurs tropicales mêlés à d'autres parfums étranges lui emplirent les narines. Un paysage foisonnant, d'un vert presque factice, s'étirait sous ses yeux, menaçant d'envahir le tarmac.

N'ayant que son sac à dos, il passa rapidement la douane, et une fois son passeport tamponné, se retrouva dans une rue grouillante de monde, parmi les valises et les chauffeurs de taxi.

L'un d'eux l'approcha en souriant d'une oreille à l'autre et lui dit en anglais :

— *Taxi, mister? No expensive, I take you.*

Fernando lui répondit en espagnol :

— Je vais à cette adresse. Il lui montra un bout de papier sur lequel figurait l'adresse que le détective

Tavares lui avait recommandée. Le Tamarindo Surf Hotel. Combien, la course ?

— Pas cher, monsieur. Pas cher. Vous n'avez pas d'autres bagages ? s'étonna le taxi.

— Non, juste ça, répondit Fernando.

Il s'installa sur la banquette râpée et le chauffeur s'empressa de refermer la portière dans un claquement qui fit trembler toute la voiture. Aussitôt, il mit le contact comme s'il avait craint que son passager ne change d'avis, et l'instant d'après, ils roulaient sur une route bordée d'arbres en fleurs et de maisons aux façades colorées.

Par la fenêtre, parmi la foisonnante végétation, Fernando aperçut des singes hurleurs à la peau noire lustrée et au visage semblable à un masque peint. Des oiseaux bariolés volaient de branche en branche.

Dans le taxi qui roulait cahin-caha, il se mit à penser à la conversation qu'il avait eue le lendemain de son retour à Buenos Aires avec Gonzalo Tavares.

Le bureau du détective se trouvait dans l'hypercentre, dans un vieil immeuble qui sentait le désinfectant. À l'entrée, on pouvait lire sur une plaque émaillée :

AGENCE DE FILATURE TAVARES

Nettement plus concise que la page web que Fernando avait consultée, et qui recensait toutes les sortes de missions dont se chargeait l'agence : filatures dans la ville de Buenos Aires et à l'extérieur, surveillances, photos, vidéos, enregistrements en caméra cachée ; preuves d'infidélité ; investigations téléphoniques et informatiques ; recherches de personnes, vérifications d'identité et d'antécédents, logiciels espions pour téléphones portables. Il ne manquait quasiment rien à l'inventaire.

Tavares s'avéra être un petit homme frêle, d'une quarantaine d'années, avec de grosses lunettes et peu de cheveux. Malgré son aspect chétif, il donnait une impression de solidité, comme s'il n'avait été fait que de muscles. Sa poignée de main confirma cette impression.

— Oui, j'ai bien reçu un coup de fil de monsieur Davies et je me tiens à votre entière disposition. Je suppose que vous avez soigneusement lu mon rapport. Je crains de n'avoir rien d'autre à ajouter. Tout y est consigné. J'ai suivi la trace de ce garçon au Brésil, au Pérou, au Costa Rica… Il devait avoir emporté pas mal d'argent, parce que d'après ce qu'on m'a dit, quand il n'était pas en train de surfer, il écrémait tous les bars de la côte. Il faut croire qu'il se sentait perdu, comme un jeune qui n'a pas de but. Pour autant, je n'ai rien découvert de bien répréhensible dans son comportement. Un peu de marijuana ou de psychédéliques… comme en prennent souvent les jeunes dans ce milieu. Et au Costa Rica, j'ai perdu sa trace. Comme s'il s'était évaporé. Il était avec un groupe de jeunes venus faire du surf sur la côte ouest du Costa Rica et qui ne sont jamais retournés dans leur patrie d'origine, en Californie ou ailleurs. Il faut bien admettre que pour qui aime ce genre de choses, le Costa Rica est un véritable paradis. La nature y est généreuse, luxuriante, et le climat n'est pas débilitant comme dans la plupart des zones tropicales. Pas étonnant qu'autant de jeunes Américains choisissent d'y élire domicile des mois entiers.

Tavares parcourut des notes dans un petit carnet, puis poursuivit :

— La dernière personne à l'avoir vu, ou à avoir reconnu l'avoir vu, est une rousse du nom d'Araceli. Elle ne devait pas avoir plus de dix-huit ans, et je crois bien qu'elle en pinçait pour Michael. Ils se sont rencontrés dans un bar qui jouxte le Tamarindo Surf, sur la côte pacifique. La plage est un lieu de rêve : tranquille, accueillante. Là-bas, personne n'est pressé, personne ne hausse jamais le ton. Ils ont fait du surf ensemble, en compagnie des amis d'Araceli.

Il consulta à nouveau ses notes :

— La dernière fois qu'ils ont entendu parler de Michael, c'était un vendredi. Araceli s'en souvenait bien parce que, la veille au soir, un garçon de la bande avait pris un truc fort, vraisemblablement de l'héroïne, et s'était noyé dans les marécages. La police a écarté l'hypothèse d'un suicide parce qu'il n'avait laissé aucune lettre et que les autres l'ont décrit comme un garçon toujours joyeux et insouciant. À mon avis, ils n'ont pas dû pousser très loin l'enquête, dans la mesure où les morts par overdose sont monnaie courante à Tamarindo. Ça a beau être un coin tranquille, il y a des problèmes de drogue comme partout en Amérique centrale. Mais, comme je vous l'ai dit : rien n'indique que Michael ait fait usage de drogues dures.

Tavares fit une pause, puis ajouta :

— Allez là-bas, si ça vous chante. Mais à mon avis, ça ne sert à rien. J'ai poussé l'enquête au maximum. Michael a fait sa valise sans rien dire à personne, il a laissé de l'argent pour régler sa note d'hôtel et il s'est volatilisé. À l'aéroport, son nom n'était enregistré sur aucune liste de passagers et la police des frontières m'a dit la même chose : il n'a pas traversé la frontière, ni vers le nord, ni vers le Panama. Depuis que les États-Unis ont fermé leurs frontières à l'immigration clandestine, les pays d'Amérique centrale ont été obligés d'en faire autant, et maintenant, les contrôles sont beaucoup plus stricts. Le plus probable est que Michael se trouve toujours au Costa Rica, quelque part, mais je n'ai pas voulu continuer à facturer à monsieur Davies ce qui commençait à ressembler à une villégiature aux frais de la princesse.

Fernando se sentit à nouveau assailli par le doute. Quelles chances avait-il de réussir, lui, le journaliste en herbe, là où un détective chevronné avait échoué et s'avouait vaincu ? Pourquoi continuer ? Qu'est-ce qui le poussait à chercher, sans vraiment y croire, ce garçon blond qu'il ne connaissait qu'en photo ? Était-ce parce qu'il avait de l'estime pour Ron ? Pour assouvir sa propre curiosité ? Parce qu'il ressentait un vague désir érotique ? Il était incapable de répondre ne serait-ce qu'à une seule de toutes les questions qui l'aiguillonnaient. C'est vrai, il était tombé amoureux d'une photo, mais cela, en soi, ne justifiait pas d'y consacrer autant d'efforts ; le voyage, le temps passé. Et quoi d'autre ? Le désir de faire plaisir à

Ron, de lui donner l'unique chose qui lui manquait pour être heureux ? Peut-être bien.

Tamarindo était une bourgade tranquille, qui déployait avec un orgueil discret quelques vestiges d'architecture coloniale. Le guide touristique que Fernando avait acheté à l'aéroport l'informa que Tamarindo se trouvait dans la province de Guanacaste, à l'ouest du Costa Rica, sur l'océan Pacifique, et que ses plages étaient prisées des surfeurs, en particulier la Playa Tamarindo et la Playa Langosta. Au nord, la Playa Grande était un site privilégié où nichaient, parmi les mangroves, les grandes tortues luths, une espèce protégée car en voie d'extinction. Fernando décida de s'y rendre, quoiqu'il advienne, pour admirer ces magnifiques créatures venues de la nuit des temps. Et cette pensée l'emplit de joie.

L'hôtel que lui avait recommandé Tavares consistait en un ensemble de bungalows très propres et confortables, quoique d'aspect plutôt spartiate. Dans celui de Fernando, la seule note un peu gaie parmi la blancheur des murs et des meubles étaient deux coussins aux couleurs chatoyantes et, dehors, dans le jardin, de grandes fleurs jaunes et roses qu'encadrait comme un tableau le châssis de la fenêtre.

Après s'être douché, il enfila un maillot de bain, un T-shirt discret et des claquettes, puis sortit dans le jardin pour contempler l'eau exagérément bleue de l'incontournable piscine. Avec la mer à portée de main, qui aurait songé à se baigner dans une piscine remplie d'eau chlorée ? Un écriteau indiquait : « Chemin de la plage : Beach access ». Au bout de quelques pas, le luxuriant feuillage s'écarta comme un voile et l'océan infini parut, avec ses énormes vagues blanches. Sur le sable, un garçon roulait à bicyclette, tenant une planche de surf en équilibre sur sa tête. Un groupe de femmes en paréos de couleurs étaient assises à même leurs surfs et bavardaient. Au bout de la plage, il aperçut l'auvent de ce qui ressemblait à une buvette.

Le garçon qui servait à boire avait la peau foncée et portait de grosses lunettes de soleil.

— Frais débarqué ? demanda-t-il à Fernando quand celui-ci se faufila sous l'ombre de l'auvent.

— Oui, répondit-il. C'est un très bel endroit.

— C'est vrai, je ne m'en lasse pas, répondit le garçon avec un sourire éclatant. Ça va faire cinq ou six ans déjà – je ne sais plus au juste – que je suis ici. Mais j'ai l'impression d'avoir toujours été là. Tu es argentin ?

— Oui, dit Fernando.

— Ça s'entend à ton accent. Moi, je suis guatémaltèque et je m'appelle Washington. Mes parents étaient persuadés qu'avec un nom pareil, je n'aurais aucun mal à émigrer aux États-Unis. Ils se sont trompés, dit-il en éclatant de rire.

— Je m'appelle Fernando.

— *Can you hear the drums Fernando?* chanta-t-il d'une voix aiguë.

Fernando lui lança un regard intrigué.

— C'est la chanson du groupe Abba, expliqua Washington. *Fernando*. Tu la connais sûrement.

— On dirait que tout le monde vient ici pour surfer, dit Fernando pour changer de sujet, profitant de ce qu'un groupe de jeunes passaient avec leurs planches de surf sous le bras.

Parmi les vagues les plus hautes, on apercevait çà et là des points de couleur : les surfeurs les plus intrépides.

— Le surf est une religion à Tamarindo. Tu n'en fais pas ?

— Non, je suis venu ici parce qu'on m'a dit que c'était un endroit tranquille et très beau.

— C'est vrai, mais c'est rare de voir quelqu'un qui ne soit pas ici pour surfer. De temps en temps, on croise un retraité, allemand ou canadien, avec un chapeau rabattu jusqu'aux narines et des chaussettes remontées jusqu'aux genoux. Mais ça n'est pas fréquent. Tu veux boire quelque chose ?

Fernando prit une bouteille dans l'armoire réfrigérée et demanda, en sortant son portefeuille :

— Je peux payer en dollars ? Je n'ai pas eu le temps de changer de l'argent.

— Ça fera un dollar, mais pour deux boissons, lui dit-il, puis il ajouta : Ne sors pas tes biftons comme ça. Ici, on est tous réglos en principe, mais on ne sait jamais.

Fernando prit une gorgée de soda, qui lui rappela vaguement le goût d'une infusion au gingembre que sa tante lui préparait quand il était petit.

— Et tu restes combien de temps ? demanda Washington.

— Je ne sais pas encore.

Quelque chose dans le sourire du garçon l'incita à se confier à lui. Il piocha à nouveau dans son portefeuille et en extirpa la photo de Michael.

— En fait, je suis à la recherche d'un ami qui ne m'a pas donné de nouvelles depuis plusieurs mois. Je sais qu'il est venu au Costa Rica, probablement à Tamarindo. Il aimait le surf. Tu ne l'aurais pas croisé par hasard ?

Washington ôta ses lunettes de soleil et Fernando put voir ses yeux, noirs comme du charbon.

— Beau gosse, ton copain. Si, son visage me dit quelque chose. Je crois bien l'avoir vu ici au moment des fêtes de fin d'année. Il me semble même qu'il nous a aidés à installer le feu d'artifice sur la plage. Mais bon, les blonds tout en muscles, ça n'est pas ce qui manque par ici… Et puis moi, je m'intéresse plus aux nanas.

Washington sourit de nouveau.

— Tu ne te souviens pas l'avoir vu avec des amis, quelqu'un en particulier ?

— Si c'est celui auquel je pense, il faisait partie d'un petit groupe qui n'arrêtait pas de faire des conneries. Rien de méchant. Mais ils se mettaient à l'eau quand la mer était agitée et qu'on avait sorti le drapeau rouge, ou bien ils faisaient la bringue jusqu'à pas d'heure avec la musique à fond, et les vieux râlaient parce qu'ils ne pouvaient pas dormir. Il y avait aussi des nanas qui retiraient leurs maillots pour bronzer à poil sur la plage. Ce genre de choses. Moi, personnellement, ça ne me gênait pas. Il rit et répéta : Rien de méchant en tout cas.

Fernando termina sa bouteille, et Washington lui en tendit une autre.

— Celle-là, tu l'as déjà payée.

Fernando la prit pour ne pas le vexer.

— Les flics les avaient repérés, mais ils savaient qu'ils ne faisaient rien de vraiment mal. Il y avait un Australien, mais je ne sais pas s'il faisait partie du groupe… C'était un drôle d'oiseau, plutôt jeune mais à fond dans la drogue. Un matin, on a retrouvé un corps dans la mangrove. Il était mort d'une overdose, mais la police n'a pas su dire si c'était un accident ou un suicide. Quoi qu'il en soit, aucun membre du groupe n'a été inquiété. La rumeur s'est mise à courir qu'il y avait un narcotrafiquant caribéen à Tamarindo. Je l'ai vu : un type d'un certain âge, habillé en noir. Ceux du groupe l'évitaient. C'est peut-être lui qui a vendu de l'héroïne à l'Australien. J'ai oublié son nom. Quand la police a ouvert l'enquête, l'homme en noir a disparu. Plus tard, on a appris qu'il avait été arrêté alors qu'il essayait de passer au Honduras avec de la came. Mais je le répète, aucun des surfeurs du groupe ne s'était lié avec lui.

— Et le gars qui est mort ?

— Tu sais quoi, je crois me souvenir qu'il ressemblait pas mal à ton ami. Mais ce n'est pas lui, j'en suis sûr. Je veux dire qu'il était blond et taillé en V. Quel gâchis de mourir aussi jeune. Ils ont prévenu la famille, quelque part dans un coin perdu d'Australie. Mais les parents n'ont pas proposé de venir chercher le corps. Je t'avoue que ça me dépasse, dit Washington en soupirant. Mais va savoir comment étaient les relations du mec avec ses parents… Il marqua une pause puis précisa : Résultat, on l'a enterré ici, au cimetière de Santa Rosa, à l'extérieur de Villarreal. Des membres du groupe sont allés lui porter des fleurs. C'étaient des gens cool au fond.

— Tu sais s'il y en a qui traînent encore dans le coin ?

— Bien sûr. Ils viennent l'après-midi, avant le coucher du soleil.

— Merci, Washington. Tout cela m'a été très utile. Et puis à travers toi, c'est comme si le Costa Rica tout entier me souriait.

Après cela, Fernando retourna à l'hôtel. Il se sentait fatigué. Il allait faire une longue sieste, puis il retournerait à la plage plus tard. Il se coucha et s'endormit aussitôt. Dans ses rêves, le sourire de Washington se confondit avec celui de Michael. Et Fernando, les yeux fermés, souriait lui aussi.

11

Après avoir passé plus de temps que de raison au soleil, à admirer le ballet des vagues et des nuages, Fernando retourna à la buvette et attendit la venue des surfeurs.

Il était en train de bavarder avec Washington quand ce dernier leva la main et pointa un groupe qui arrivait depuis l'autre bout de la plage, là où les collines plongeaient presque dans la mer.

— Les voilà, dit-il.

Fernando aperçut une bande de jeunes qui s'approchaient d'un pas tranquille, avec leurs planches de surf bariolées. Washington les salua de la main.

— Je vous présente Fernando, un Argentin, dit-il quand ils atteignirent la paillote.

— Je ne vais pas te dire les noms de tous ces affreux, parce que tu ne pourras jamais tous les retenir.

Fernando sourit et passa en revue les visages bronzés des garçons et des filles.

— Tu n'as pas apporté ta planche ? lui demanda un garçon grand et mince, à la barbe en bataille.

Washington répondit à sa place :

— Non, il n'est pas venu faire du surf. Il est venu chercher un ami.

Sa réponse jeta un froid parmi la bande, comme si elle était porteuse de danger.

— Tu l'as perdu ou il s'est sauvé ? demanda un garçon au corps d'athlète et aux cheveux longs et raides.

Tous éclatèrent de rire.

Fernando leur expliqua quelle était sa mission et ils se détendirent un peu. Quelques-uns posèrent leurs planches sur le sable et s'assirent dessus en tailleur. Fernando eut l'impression d'être un explorateur rencontrant pour la première fois une tribu d'indigènes qui le dévisageaient avec un mélange de curiosité et de méfiance, sans savoir s'il s'agissait d'un ami ou d'un ennemi. Finalement, ils eurent l'air de choisir la première option.

Fernando sortit son vieux portefeuille de sa poche et leur montra la photo de Michael. À l'expression dans leurs yeux, il comprit qu'ils l'avaient reconnu.

— Mais oui, bien sûr, c'est La Souris, dit le barbu.

— La Souris ? s'étonna Fernando. Il s'appelle Michael.

— Oui, Michael, Mickey, La Souris, quoi…, expliqua une fille aux cheveux courts, si blonds qu'ils en paraissaient blancs.

Le groupe éclata de rire.

— Il y a des mois qu'on ne l'a pas vu, affirma une autre fille. Il a passé les fêtes du Nouvel An avec nous. Et puis, pouf ! Disparu sans même dire au revoir. On l'a dit à l'homme qui est venu pour le chercher. Le crâne dégarni, petit, avec de grosses lunettes…

Pour ne pas éveiller les soupçons, Fernando ne releva pas le commentaire sur Tavares. Il fit comme s'il ne savait pas de qui il s'agissait et attendit qu'ils continuent.

— Ton ami était un solitaire. Certains jours, il ne décrochait pas un mot.

— Parfois, il allait seul dans la réserve des tortues, au nord, là où sont les mangroves, dit une rousse menue aux grands yeux verts. Il partait deux ou trois jours, puis revenait.

— Ah, mais oui, c'est vrai, dit un des garçons. C'est là-bas qu'il y a eu l'incident avec les Anglais.

La bande éclata à nouveau de rire.

— Quel incident ? demanda Fernando.

— Oh, rien, un truc idiot dont La Souris était coutumier, expliqua le grand type mince. Apparemment, des Anglais ont voulu donner de la bière à une tortue. La Souris les a vus et il a rossé l'un d'eux à coups de poing. Et les autres ont appelé la police.

— Ça s'est passé quand, au juste ? voulut savoir Fernando.

— Peu avant Noël. Je m'en souviens parce que les Anglais se sont soûlés sur la plage et ont commencé à chanter des obscénités, répondit le garçon.

Soudain, Fernando sentit que, s'il allait voir les lieux où Michael avait l'habitude de se rendre, il découvrirait peut-être un secret ou un indice qui l'aiderait à reconstituer ce qui ressemblait à la page arrachée d'un livre. Comment remplir les paragraphes manquants ? Comment percer à jour les motivations de ce fils fuyant, aventurier et séducteur, à la fois solitaire et sociable, disparu on ne savait où, volontairement ou pas… ?

— Les mangroves sont loin ? s'enquit Fernando.

La rousse répondit :

— Je peux t'y conduire, si Washington veut bien nous prêter sa moto…

Et elle décocha un regard plein de malice à l'intéressé.

Quelques heures plus tard, sur la moto rafistolée de Washington, ils atteignirent l'orée de la mangrove, là où les racines des arbres plongeaient tels les tentacules d'une créature extraterrestre dans l'eau mousseuse des marais. Le soir tombait rapidement et les derniers rayons cuivrés du soleil faisaient miroiter l'écume. De grandes formes arrondies se promenaient lentement, comme des fantômes, parmi la végétation, conférant au lieu une atmosphère enchantée.

— Les tortues luths, dit la fille. La Souris, je veux dire Michael, en connaissait un rayon sur elles. Elles ont survécu à l'extinction des dinosaures, et vivent depuis plus de cent cinquante millions d'années sur cette planète.

La fille observait, fascinée, les lentes déambulations des étranges créatures. Le soleil avait à présent complètement disparu, et des bulles de lumière d'un bleu argenté scintillaient parmi les silhouettes noires des arbres.

Fernando ressentait une réelle affinité avec la fille, comme si elle et lui se connaissaient depuis toujours. Cherchant ses yeux qui brillaient dans l'obscurité, il confessa :

— Je crois en la déesse Fortuna, un truc que j'ai lu dans un livre de contes quand j'étais gamin. Je pense qu'elle décide, selon son humeur, de qui aura une vie courte, difficile et agitée, et de qui, comme ces tortues, jouira d'une vie paisible pendant des siècles et des siècles. La déesse Fortuna est indolente. Les peuples anciens se la représentaient rousse. Comme toi.

— Mais peut-être a-t-elle ses raisons, que nous autres, mortels, ne comprenons pas, fit remarquer la fille, sans relever cette dernière remarque. Michael disait que pour comprendre le sens de la vie, il faut observer les tortues des mangroves. Il disait que la précipitation et le stress raccourcissent le temps. Mais pour elles qui ne sont jamais pressées, le temps est quasiment éternel.

Fernando resta un instant songeur, puis dit :

— Tu l'as bien connu, Michael ?

— Tu veux savoir si on sortait ensemble ?

— Était-ce le cas ?

— Michael n'entretenait pas ce genre de rapports avec les autres. Il lui arrivait de passer la nuit avec une fille, mais le lendemain matin, c'était comme si rien ne s'était passé. Avec moi aussi. Mais je m'en fichais. La Souris était quelqu'un de très sensible, sous ses dehors de mec endurci. Je me souviens qu'une fois, il s'est blessé en surfant, et pendant que j'étais en train de désinfecter la plaie, il m'a serrée dans ses bras et s'est mis à pleurer. Pas parce qu'il avait mal, tu comprends ? C'était comme si, du simple fait que quelqu'un s'occupe de lui, une immense tristesse l'avait envahi, un truc qu'il trimballait depuis longtemps, un besoin de se faire cajoler. Mais ensuite il n'a rien dit. Il m'a remerciée de l'avoir soigné, mais ne m'a donné aucune explication. Et je n'ai pas posé de questions.

— Tu étais amoureuse de lui ?

— On l'était toutes. C'était facile de tomber amoureuse de Michael.

Ils demeurèrent un long moment silencieux, tandis que le pas nonchalant des tortues les incitait à respirer plus lentement l'air chaud et parfumé, ralentissant leurs propres mouvements.

— C'est un lieu de paix, fit remarquer la fille à voix basse. Quand la police a retrouvé le corps de Tom ici, on l'a vécu comme un sacrilège.

— Tom ? demanda Fernando.

— Oui, c'était son nom. Tom Finch. Le même nom que le héros d'une de mes séries télé préférées quand j'étais petite. Il était australien, de Perth, je crois bien. Il a débarqué avec sa planche de surf et est aussitôt entré dans la bande. Les Australiens sont les meilleurs surfeurs du monde, tu le savais ? Mais Tom trempait aussi dans des trucs louches… les drogues dures… Nous, on fume un peu, et on prend des champignons une fois de temps en temps… mais ça s'arrête là. Alors que Tom, il prenait n'importe quoi. Michael avait essayé de le faire décrocher, mais il n'a pas réussi.

— Et Michael, il ne prenait rien ?

— Rien. Il disait qu'il faut prendre soin de son corps. C'est pour cela qu'il faisait de l'exercice. Il disait qu'il nous appartient de construire la personne que nous voulons être, que nous sommes responsables de ce que nous avons dans la tête, mais aussi de nos bras et de nos jambes. Pour lui, toute expérience est bonne à prendre. Un peu comme un explorateur qui se demande ce qu'il va trouver de l'autre côté de la ligne d'horizon. La Souris, c'est cela qu'il cherchait. Mais tout en restant prudent. Il ne se jetait pas dans le vide avec les yeux bandés.

Fernando réalisa qu'il ignorait le nom de la fille.

— Au fait, tu ne m'as pas dit ton nom.

— Araceli.

Fernando pouvait à peine deviner les traits de son visage à la lueur de la lune qui rasait la cime des arbres, mais il voyait parfaitement ses yeux. Araceli l'observait avec une curiosité évidente.

— Que penses-tu qu'il soit arrivé à Michael, Araceli ?

La fille ne répondit pas sur-le-champ. Quand elle le fit, ce fut tout bas, d'une voix presque inaudible.

— Je pense qu'il a décidé de lever le camp, parce qu'il voulait savoir ce qu'il y a de l'autre côté de l'horizon. Michael disait qu'il ne faut pas rester toujours au même endroit, que même les mangroves essayent de se déplacer sur leurs racines comme si c'étaient des jambes. Je crois qu'il est allé dans un autre pays chercher d'autres plages, une autre mer.

— Tu as une idée d'où ?

— Michael passait son temps à chercher les meilleures plages de surf du monde. Il disait que les surfeurs et les pêcheurs font autant partie de la mer que de la terre ou du ciel. Il aimait se sentir flotter quand il glissait au-dessus des vagues, à mi-chemin entre le sable et les nuages.

— Et quel spot lui paraissait le meilleur ?

— À part Tamarindo ? Il parlait souvent de Los Cabos, au Mexique. Apparemment, ses parents sont allés là-bas quand ils se sont mariés. Il m'a confié qu'il avait déniché une photo dans la penderie de sa mère, en train de poser devant des palmiers à Los Cabos. C'était un lieu qui comptait beaucoup pour lui. Mais je ne crois pas qu'il y soit jamais allé.

— Merci, Araceli. Merci pour ta confiance et pour toutes ces informations.

Spontanément, Fernando déposa un baiser sur sa joue. Ils rentrèrent à Tamarindo à moto par le chemin caillouteux, sous le ciel limpide qu'éclairait à présent la lune solitaire.

12

Fernando arriva à San José del Cabo début mai. La chaleur humide qui régnait dans la journée se transformait le soir en pluies torrentielles, de sorte qu'il passait de longues heures enfermé dans sa chambre d'hôtel à regarder des télénovelas mexicaines ou à dormir.

Quand la météo le permettait, il faisait de longues promenades sur l'immense plage, dont le sable immaculé avait été foulé par les illustres pieds de stars comme Elizabeth Taylor et Richard Burton, Sophia Loren et Mick Jagger, Elton John ou John Wayne. À l'abri des imposants cactus et des palmiers, les touristes, pour la plupart américains, se transformaient, sitôt débarqués, en adorateurs du soleil, à l'instar des anciens habitants de cette partie du monde. Californiens ou Bostoniens, quelques magnats russes, touristes venus d'Amérique du Sud, bandes de surfeurs, filles et garçons, de nationalités tenues quasi secrètes, envahissaient la plage à toute heure pour se mesurer aux gigantesques vagues, sauf le matin, tôt, quand les visiteurs diurnes n'avaient pas encore déjeuné, et que les noctambules étaient allés se coucher aux premières lueurs de l'aube. On trouvait côte à côte de grands hôtels et de modestes pensions, des restaurants branchés et des stands à tacos où l'on mangeait bien pour quelques pesos en compagnie des gens du cru.

Aussi bien à San José del Cabo qu'à Cabo San Lucas, Fernando avait échangé avec toutes sortes de gens : dans les bars des hôtels, dans les paillotes de bord de mer, et le soir dans les bruyants boulodromes animés par des groupes de hard-rock ou de mariachis. Partout, il s'était efforcé de communiquer principalement avec les jeunes, en s'arrangeant toujours pour orienter la conversation sur le surf – ce qui n'était pas bien difficile – et la présence de jeunes étrangers solitaires, blonds et musclés – ce qui était plus compliqué étant donné le grand nombre de candidats. Personne n'avait reconnu formellement le garçon souriant de la photo, mais certains pensaient avoir vu quelqu'un qui lui ressemblait et lui avaient donné des pistes qui n'avaient débouché sur rien.

Après plusieurs jours passés à mener l'enquête, la présence de tous ces corps bronzés commença à le fatiguer, un peu comme lorsqu'on visite un grand musée, et qu'au bout d'une heure ou deux on n'arrive plus à se concentrer et que toutes les toiles finissent par se mélanger. Certes, Fernando ne pouvait nier l'attraction qu'exerçaient sur lui les silhouettes de tous ces beaux gosses musclés, de même que celles des superbes filles qui les accompagnaient. Si la seule vraie relation qu'il avait eue jusqu'ici était Tute (où était-il en ce moment ? lui arrivait-il de penser à lui ?), il avait malgré tout éprouvé pour certaines femmes une affection sincère et même une attirance sexuelle. Avec la belle et espiègle Alexia, par exemple, qu'il avait connue à la fac et avec qui il avait aussitôt sympathisé. Alexia était un peu plus âgée que lui, mais qu'importe. Fernando se rappela une soirée où tous les deux avaient un peu trop bu. Surpris et enchantés, ils s'étaient soudain retrouvés au lit dans les bras l'un de l'autre.

— En voilà une surprise ! s'était exclamée Alexia au réveil. En principe, je préfère les hommes un peu mûrs, et il te manque quelques cheveux blancs pour le rôle. Mais il y a si longtemps que je dors seule que... faute de grives...

Et elle s'était jetée sur Fernando, qui s'était débattu en riant.

Brusquement, une folle envie de voir Alexia s'empara de lui, à cet instant précis, pour pouvoir tout lui raconter. Elle lui manquait, sans raison apparente. Si ce n'est qu'elle était peut-être sa seule véritable amie.

Il y avait une semaine qu'il était arrivé à Los Cabos, et comme chaque matin depuis quatre jours, Fernando était assis sur le récif frangeant qui formait une sorte de rempart en demi-cercle autour de la petite plage déserte. La côte de Cabo San Lucas offrait aussi bien des sites touristiques noirs de monde et des plages aux vagues immenses qui faisaient le bonheur des surfeurs que des petites criques intimes et calmes comme celle-ci. Du haut de son rocher, il pouvait admirer le va-et-vient de l'écume déferlant doucement sur le sable, sœur cadette des gigantesques vagues qui baignaient les plages de surf, à mi-chemin entre l'océan Pacifique et la mer de Cortés. Dans cette baie régnaient la paix et le silence, qu'interrompait de loin en loin le cri d'une mouette affamée. Un touriste lui avait dit, quoique sans en être absolument certain, qu'un jeune homme qui ressemblait fort à Michael avait l'habitude de se promener par ici. C'est pourquoi Fernando avait décidé de venir passer une heure ou deux sur ce rocher chaque jour, même si cela ne servait à rien. À défaut d'autre chose, la tranquillité qui régnait sur cette plage lui permettait de réfléchir et de prendre des forces pour entreprendre son périple quotidien, un peu au petit bonheur, pour tenter de retrouver quelqu'un qui n'était peut-être pas ici ou n'y était jamais venu.

Qu'allait-il faire s'il n'arrivait pas à retrouver Michael ? se demandait-il, sans oser répondre, de crainte de perdre espoir et de devoir déjà renoncer à sa quête. Car il devenait de plus en plus évident qu'il était venu au Mexique pour ne pas baisser les bras, sur un coup de tête, une lubie qu'il s'était lui-même forgée à partir des dires d'Araceli, selon qui ce lieu rappelait sa mère à Michael, et aussi parce que c'était l'un des spots préférés des surfeurs. Seule certitude, sur la côte mexicaine, plus encore que sur les plages du Costa Rica, les jeunes déployaient au soleil leurs muscles de jaguar, se dressaient tels des dieux de bronze sur leurs planches de surf pour chevaucher les vagues, reproduisant ainsi, quoique sans vraiment le savoir, un rite millénaire initié par les habitants du Pacifique pour rendre hommage à cet océan terrible et séducteur. Terrible et séducteur, comme tous ces corps sublimes, et de la petite photo qu'il gardait dans son portefeuille. Il sortit encore une fois le portrait de Michael pour le regarder, bien que ses traits fussent à jamais gravés dans sa mémoire. Une idée folle, peut-être, mais pas si folle que ça au fond, et de toute façon il n'avait pas d'autre piste.

Il s'apprêtait à se remettre en route quand une ombre comme surgie de nulle part tomba devant lui. Fernando releva les yeux, et là, marchant seul sur le sable de cette crique secrète, il reconnut Michael. Son cœur se mit à battre si fort qu'il craignit qu'il puisse l'entendre.

Michael portait un sac de toile à la main. Il arborait une chemise hawaïenne à fleurs bleues dont la couleur avait passé au soleil, ainsi qu'un bermuda découpé dans un jean délavé et un grand chapeau de paille. En voyant Fernando, il inclina la tête d'un air distrait, puis se dirigea vers l'extrémité de la plage et franchit d'un pas agile la barrière de rochers qui séparait la crique d'une des plages les plus fréquentées de Los Cabos.

Fernando décida de le suivre.

La prestigieuse plage où ils se trouvaient à présent était large, et si longue qu'elle semblait s'étirer jusqu'à l'horizon. À main gauche se trouvaient les hôtels et appartements de location ; à main droite, l'océan irascible et altier. La plage commençait à se remplir de monde.

Les plagistes déployaient des parasols et étendaient des nattes de bambou multicolores sur le sable.

Des familles avec des enfants débordants d'énergie, des bandes de jeunes avec leurs planches de surf, des hommes et des femmes entre deux âges affluaient depuis leurs hôtels, tels des acteurs de théâtre prêts à jouer dans une pièce dont ils ignoraient le dénouement.

Michael se dirigeait vers une pension de catégorie intermédiaire dont le nom s'étalait en grandes lettres bleues : Hotel Majestic. Fernando lui emboîta discrètement le pas jusqu'à l'entrée, puis, pour ne pas éveiller ses soupçons, attendit quelques minutes sous la marquise verte et blanche avant de s'approcher du portier, un homme bedonnant qui l'observait d'un œil apathique par-dessous la visière de sa casquette de base-ball.

— Bonjour, le salua Fernando.

— Bonjour, monsieur, répondit l'homme.

— À tout hasard, pourriez-vous me dire qui est le jeune homme qui vient d'entrer ? Il ressemble à une connaissance d'un de mes cousins, mais je n'en suis pas absolument certain…

— Ce gars-là ? C'est Tom Finch. Il loue ses services à des gens qui veulent pêcher en mer. Il est sûrement venu chercher des clients.

Soudain, Fernando se souvint d'une chose que le professeur Gutiérrez avait coutume de leur dire à la fin d'un cours particulièrement ardu : « C'est quand vous aurez mené des dizaines d'entretiens et épluché un tas de documents et d'archives en apparence inutiles que viendra le moment de la révélation. Eurêka ! Ce moment est l'unique récompense qu'un journaliste digne de ce nom peut espérer recevoir. » Et Fernando comprit que ce moment était son Eurêka.

Il pénétra dans l'ombre fraîche de la réception. Derrière le comptoir, une fille aux cheveux noirs et lisses l'accueillit avec un grand sourire.

— Excusez-moi, je ne suis pas client de l'hôtel, mais on m'a dit qu'il était possible de réserver une excursion de pêche en mer. Je n'en ai jamais fait, mais j'ai envie d'essayer.

— Vous allez adorer, répondit la fille avec un léger accent nord-américain. Ce serait pour une journée complète ? J'ai ce qu'il vous faut.

— C'est cher ?

— Tout dépend si vous payez en dollars ou en pesos… Elle baissa la voix et ajouta : Je vous conseille les dollars.

— Je n'ai pas d'équipement. À dire vrai, je suis complètement néophyte. Il est possible de louer une canne à pêche ou je ne sais quoi ?

La fille rit, dévoilant des dents bien blanches.

— Oui, Tom se chargera de louer ce dont vous avez besoin, une canne à pêche ou je ne sais quoi.

— Tom ?

— Oui, Tom a un bateau et il emmène les gens pêcher. Vous avez de la chance, parce qu'il est au bar en ce moment même. Il attend un client. Ne bougez pas, je vais l'appeler. Quand est-ce que vous voudriez faire la sortie en mer ?

— Demain, ce serait possible ?

— Je vérifie.

Elle disparut derrière un rideau, et par l'interstice, Fernando put voir le petit bar de l'hôtel avec Michael – ou Tom, ainsi qu'il allait devoir l'appeler – assis au comptoir. C'était comme si un des personnages du roman qu'il était en train de lire lui était apparu en chair et en os. Ou plutôt en muscles et en os.

Pendant qu'il attendait le retour de la fille, le cerveau de Fernando se mit en action, s'efforçant de traiter toutes les informations qu'il avait glanées auprès du boss du *Nacional,* de Ron, d'Aurora, de Tavares, de Washington, d'Araceli, du touriste qui lui avait indiqué la petite crique, et même du portier de l'hôtel et de la réceptionniste, avec la lucidité et la rapidité d'un programme électronique.

La conclusion était aussi évidente qu'inéluctable : Michael avait très certainement découvert le cadavre de Tom Finch dans la mangrove et l'idée lui était venue de subtiliser son passeport, à moins qu'il ne l'ait trouvé parmi les racines fangeuses, et à partir de là, avait échafaudé un plan d'évasion infaillible. Changer de pays, changer de nom, changer d'identité. Se saisir de l'opportunité que lui offrait la déesse Fortuna de devenir quelqu'un d'autre et esquiver ainsi toute manœuvre de son père pour tenter de le localiser.

La réceptionniste reparut.

— Tout est réglé. Demain matin à six heures. Ce n'est pas trop tôt, j'espère ? Vous me payez directement et ensuite je m'arrange avec Tom. Il n'aime pas parler argent avec ses clients.

Fernando sortit la somme demandée de son portefeuille.

— La location du « je ne sais quoi » est incluse. Vous n'avez rien à apporter hormis un chapeau. Le soleil tape fort ici.

Fernando allait devoir s'acheter un sombrero mexicain. Et des lunettes de soleil. La réverbération de la lumière sur l'eau vous brûlait les yeux.

13

Le lendemain, le jour se levait à peine quand Fernando quitta sa chambre et se dirigea vers le Majestic. La veille, il s'était acheté un grand chapeau de paille et des lunettes de soleil imitation Ray Ban qui lui donnaient des airs de flic de série B.

Devant l'hôtel, les parasols encore fermés jetaient de grandes ombres allongées sur le sable blanc, conférant à la plage l'aspect d'une immense peau de zèbre.

Le portier n'était pas là. Fernando entra dans l'hôtel, s'approcha du comptoir désert de la réception et actionna la sonnette. La fille aux longs cheveux lisses sortit comme par enchantement de derrière le rideau en se frottant les yeux.

— Vous êtes très ponctuel, fit-elle observer entre deux bâillements.

— Vous m'avez dit six heures. Je suis toujours ponctuel.

— Un instant, s'il vous plaît. Je vais chercher Tom.

Elle disparut derrière le rideau et ne revint qu'après un long moment avec Michael. Lui aussi avait la tête de quelqu'un qui tombe du lit tandis qu'il achevait de boutonner la chemise hawaïenne qu'il portait la veille. Il salua Fernando d'une voix étonnamment grave. Puis il lui tendit sa grande main calleuse.

— Bienvenue à Cabo San Lucas. C'est la première fois ?

Fernando se sentit rougir, ce qui ne fit qu'accentuer son embarras.

— Oui, c'est la première fois. Et même ma première fois au Mexique.

— Tu as l'accent argentin ou je me trompe ?

— *Mea culpa.* Je suis de Buenos Aires. Et toi ? demanda Fernando.

— Australien, répondit Michael sans rien ajouter.

Tom se dirigea vers une des petites tables déjà mises pour le petit déjeuner.

— On va prendre un petit déj avant d'y aller. Vicky, tu nous offres le café ?

La fille sourit et disparut dans ce qui devait être la cuisine de l'hôtel.

— Tu parles super bien l'espagnol pour un Australien, commenta Fernando. Où l'as-tu appris ?

— Ici et là, répondit Michael avec l'aisance d'un bonimenteur professionnel. J'ai voyagé pas mal dans toute l'Amérique. Et pour survivre, il faut savoir parler la langue du pays.

Vicky revint avec deux cafés, un bol de sucre et deux brioches.

— Il faut manger un peu, la journée va être longue, expliqua Michael.

Une fois le café avalé, Michael dit au revoir à Vicky en l'embrassant longuement sur les lèvres, obligeant Fernando, légèrement embarrassé, à détourner les yeux.

— On va te rapporter du poisson pour le dîner, dit Michael à la fille.

Puis les deux hommes sortirent de l'hôtel.

— C'est loin ? demanda Fernando tandis qu'ils commençaient à longer la plage.

— À une petite demi-heure. Un peu de marche ne fait pas de mal. Ça échauffe les muscles. On va passer du temps sans bouger. La première sortie en mer, ça paraît toujours un peu long.

Ils continuèrent de marcher sans échanger un mot. Le soleil montait rapidement dans le ciel, chauffant le sable à blanc et faisant scintiller la crête des vagues, qui tel un troupeau de monstres suicidaires se fracassaient les unes contre les autres. Il n'y avait pas un nuage dans le ciel. Seuls quelques oiseaux jetaient des ombres sur l'azur. Tels des aviateurs intrépides, ils piquaient sur les flots pour s'emparer de quelque poisson distrait. Fernando réglait sa respiration sur le rythme de ses pas, le fracas régulier des vagues et les cris perçants des mouettes. Le grand cercle de la vie lui semblait soudain aussi simple et vaste que l'océan qui bordait la plage et qui, bien qu'infini en apparence, n'était en réalité qu'un éternel retour au point de départ ; la mort venait après la naissance et la naissance après la mort, comme le faisaient ces vagues dont personne ne savait où elles commençaient et où elles s'achevaient.

Il aurait voulu voir ce que voyaient les oiseaux, tout là-haut. Comme eux, il aurait voulu observer la vie dans son ensemble, et donner un sens à chaque chose, la mer et le sable, lui et Michael, qui avançaient à grand pas vers un point invisible et lointain. Tandis qu'il suivait ce garçon blond magnifique, Fernando se sentit soudain sûr de lui, tranquille et heureux.

Une fois à l'extrémité de la plage, ils grimpèrent sur le récif et débouchèrent sur une autre plage plus petite, pareille à celle où il avait vu Michael pour la première fois. Une barque pas rutilante mais malgré tout moderne était amarrée à un vieux ponton en bois. La coque était peinte en bleu vif avec une sorte de T rouge sur la proue. À côté du ponton se trouvait un grand coffre blanc fermé par une grosse chaîne.

— Alors comme ça, tu n'as jamais pêché ? demanda Michael en commençant à s'affairer.

— Non, jamais, répondit Fernando. Enfin, si, quand j'étais petit, avec mon père, quand on allait en vacances à Pinamar. Mais il va falloir tout m'apprendre depuis le début. Je m'en remets entièrement à toi.

Michael lui dit :

— Donc, tu n'as jamais vu un marlin de ta vie ? C'est le plus beau poisson du monde.

— Je n'en ai jamais vu, non. À quoi est-ce que ça ressemble ?

— On l'appelle aussi espadon, mais son vrai nom, c'est marlin. Il y en a quatre sortes ici : le rayé, le bleu, le noir, et celui dit à pointe courte. Il a une sorte de grand bec pareil à une épée, un peu comme une licorne marine.

— Je n'ai jamais vu de licorne non plus, dit Fernando en riant.

Michael ne releva pas la blague. Il était occupé à ouvrir le cadenas du coffre qui contenait son matériel à l'aide d'une gosse clé. Voyant l'air inquiet de Fernando, il lui dit :

— La pêche, c'est l'art de la patience. Si tu es speed ou que le temps te manque, fais autre chose. Le pêcheur atteint la félicité en pêchant, qu'il prenne du poisson ou pas.

— Je suis prêt à te consacrer tout le temps nécessaire, dit Fernando.

— Ce n'est pas à moi, mais à toi qu'il faut le consacrer. Il faut te représenter la mer comme une immense feuille blanche qui attend tes pensées, tes paroles, tes coups de crayon. Elle t'offre la possibilité de te vider la tête, de repartir de zéro chaque fois que tu la contemples. Si tu es suffisamment patient, tu ne diras pas un mot pendant des heures. Tu laisseras le vide se faire dans ton esprit tout en tenant ta canne à pêche, en espérant que le poisson morde. Et pendant ce temps, tu passeras en revue les aspects les plus fondamentaux de ta vie, toutes les questions auxquelles tu n'as pas su apporter de réponses.

— Et ce ne sont pas les questions qui manquent, reconnut Fernando.

Sur un ordre tacite de Michael, Fernando grimpa dans la barque, tandis que son compagnon en faisait autant, puis ils larguèrent les amarres. Michael enroula la corde, puis ils prirent place sur les bancs polis par le vent et le sel. Michael alluma le moteur et ils mirent le cap sur l'horizon, chevauchant les vagues qui, bien que moins grosses que les rouleaux de la plage de surf, n'en restaient pas moins énormes.

Le soleil avait presque atteint son zénith quand Michael coupa le moteur. Là, à une grande distance de la côte, l'eau était calme, d'un bleu tirant sur le vert qui gardait jalousement le secret de sa profondeur. Rien ne bougeait : ni la mer, ni les deux ou trois petits nuages dans le ciel. Michael sortit les cannes. Il fixa le moulinet sur l'une d'elles et le tendit à Fernando.

— Ne t'en fais pas, c'est simple comme bonjour, il faut juste s'assurer que le moulinet est solidement fixé et régler le freinage pour que la ligne soit suffisamment tendue, mais pas trop non plus.

Fernando suivit les instructions de son mentor à la lettre.

— Tu es naturellement doué. Et maintenant, fais coulisser la ligne à travers tous les anneaux depuis le moulinet jusqu'à l'extrémité de la canne. Pour libérer le fil, tu dois desserrer le frein. Comme ceci.

Il lui montra comment faire. Ses mains puissantes se mouvaient avec aisance. Ses gestes étaient fermes mais dépourvus d'agressivité.

— Et maintenant, je vais te montrer comment préparer ton hameçon. Regarde bien comment je fais.

Fernando fut surpris par la taille impressionnante de l'hameçon, relié à la ligne par une chaîne d'environ deux mètres de long. « C'est pour que le poisson ne puisse pas couper le fil avec ses dents », avait expliqué Michael avant d'accrocher un poisson entier à l'hameçon. Fernando n'osait pas imaginer la taille du poisson qu'ils allaient prendre avec un appât aussi gros.

Une fois les cannes prêtes, Michael mit les deux hameçons à l'eau, puis lança la barque à toute petite vitesse pour permettre aux lignes de s'enfoncer doucement dans l'eau. Une main sur le moulinet, Fernando dévidait doucement le fil à mesure qu'ils prenaient de la distance. Michael lui dit :

— Maintenant, règle le frein pour que la ligne cesse de se dévider, mais sans trop le serrer pour pouvoir donner du lest quand le poisson va mordre. Sinon le fil va se casser.

Tandis que la barque fendait tout doucement l'immensité de l'océan, Michael logea les deux cannes dans les supports solidement vissés dans le bordé du bateau.

— Et maintenant, voyons si tu as la patience dont je t'ai parlé tout à l'heure. Un marlin peut suivre sa proie pendant des heures avant de se décider à l'attraper.

Un long moment s'écoula sans qu'ils échangent une seule parole. Bercé par le lent ballottement des flots et le ronronnement du moteur, Fernando luttait pour garder les yeux ouverts. La voix de Michael le tira de sa torpeur.

— Hemingway disait que le grand plaisir de la pêche, c'est de poursuivre une proie qui nous échappe tout en sachant qu'on peut en venir à bout si on s'arme de patience. Il disait aussi que pêcher nous offre une multitude d'occasions de reprendre espoir.

— Une multitude d'occasions de reprendre espoir, répéta Fernando. Quel bonheur ce doit être.

— Pas pour tout le monde. Les gens ne savent pas tous saisir l'occasion qui leur est offerte d'entrer en communion avec eux-mêmes.

— Parce qu'ils ont peur peut-être.

— Peut-être. Je suis convaincu que c'est pour cette raison que les patrons des bars à touristes mettent la télé ou la musique à fond. Ils veulent aider leurs clients à ne pas penser.

Il laissa errer son regard sur l'océan, puis ajouta :

— Qu'on le veuille ou non, notre esprit a besoin de se connecter avec le reste du monde. Parce qu'au fond de nous-mêmes, nous savons que nous faisons partie de ce grand tout, comme les poissons, le sable, la mer, les oiseaux et les autres êtres humains. Nous formons comme une immense toile, quasi infinie. Soudain, le ton de sa voix changea et il dit : Garde bien ta ligne à l'œil. Quand le marlin mord, c'est à peine si on a le temps de réagir.

Fernando ne sut que répondre. Les paroles de Michael faisaient écho à ses propres pensées. Le cercle qui incluait toute chose…

— C'est pour cela que le manque de respect envers la nature me met hors de moi, poursuivit Michael. Nous nous comportons en rustres égoïstes, sans prêter attention au monde qui nous entoure. Nous ne prenons pas nos responsabilités vis-à-vis de la planète que nous habitons.

— C'est sans doute pour cela que tu fais ce que tu fais, remarqua Fernando. Tu emmènes les gens dans ta barque pour qu'ils puissent admirer la mer, qu'ils apprennent à se concentrer, et à attraper « la proie qui leur échappe ».

— C'est vrai. Et pourtant, la plupart de mes clients sont aveugles et sourds. Ils ne voient, n'entendent et ne sentent rien. Ils sortent pêcher en mer juste pour prendre un selfie avec le plus gros marlin qu'ils pourront attraper et l'envoyer ensuite à tous leurs amis. Ils ne tirent aucun enseignement de l'expérience, ne savent apprécier ni le moment ni l'environnement, et ils ne respectent pas l'animal qu'ils ont attrapé. Tu auras sûrement vu des marlins empaillés un peu partout dans les bars des environs. Il y en a qui sont naturalisés sur commande et expédiés dans le monde entier. C'est une véritable industrie qui consiste à flatter l'ego des gens. Tu peux visiter leurs ateliers, si tu veux, mais je ne te le conseille pas. Ils ont un énorme entrepôt à l'extérieur de Los Cabos, où ils empaillent non seulement des marlins mais toutes sortes d'espèces marines, y compris des tortues géantes, vieilles de cent ou deux cents ans. Et cela en dépit du fait qu'il s'agit d'une espèce protégée. Cet entrepôt est un abattoir géant.

Fernando imagina à quoi pouvait ressembler ce musée des horreurs et il frissonna.

— Oui, dit Michael, qui avait perçu le léger tremblement de Fernando. Il y a vraiment de quoi frémir d'horreur. Jamais je ne comprendrai comment des êtres qui se disent doués de raison peuvent faire ce genre de choses.

Il y eut un long silence durant lequel il vérifia les moulinets et la tension des lignes. Puis il reprit :

— L'autre jour, j'ai emmené un homme d'affaires russe qui ne voulait rien d'autre que pêcher un marlin et le rapporter empaillé chez lui. Il avait emporté de la vodka et des sandwiches dans un sac plastique, et quand il a eu fini de manger, il a balancé le sac par-dessus bord. J'ai arrêté la barque pour essayer de le rattraper, mais le poids de la bouteille l'avait déjà entraîné par le fond. J'étais tellement hors de moi, que j'ai attrapé le type par le col de sa chemise et que je l'ai secoué comme un prunier en lui hurlant au visage que c'était un crime de se comporter comme il l'avait fait. L'homme est resté scotché. À l'évidence, personne ne lui avait jamais parlé sur ce ton. J'ai fait demi-tour et ai regagné la côte. Le client était furieux. Il avait payé pour l'excursion, disait-il. Je lui ai dit que j'allais le ramener à l'hôtel et que là-bas, Vicky lui rembourserait son fric de merde. Ces gens-là sont pires que des assassins, car ils ne tuent pas qu'une créature, ils tuent tout un écosystème.

Fernando essaya de s'imaginer la scène. Il commençait à voir Michael sous un autre jour.

Ce dernier poursuivit :

— Sans être un enragé de l'écologie – je suis avant tout un pêcheur –, j'ai malgré tout conscience que nous devons protéger au maximum l'environnement. Je ne sais pas si tu es au courant que dans cet océan, il y a une île de plastique, qu'on a surnommée l'« île Poubelle ». Elle couvre un million et demi de kilomètres carrés ! Là-bas, les poissons, les tortues, les oiseaux meurent parce qu'ils avalent du plastique ou parce qu'ils se retrouvent piégés parmi les détritus. Ils meurent asphyxiés, sans pouvoir s'échapper. Même les baleines sont victimes de ce désastre. Comment pourrais-je tolérer qu'un imbécile puisse ajouter ne serait-ce qu'un centimètre à cette poubelle flottante ?

Soudain, Fernando se rappela la conversation qu'il avait eue sur le même thème avec Ron. Ron avait employé des mots quasi identiques. Il semblait qu'il y avait eu un lien secret entre le père et le fils, même si l'un et l'autre l'ignoraient.

— Comment peut-on être à ce point aveugle à la beauté du monde ? reprit Michael. La nature ne cesse de multiplier les messages, signaux et indices pour que nous sachions comment nous comporter avec elle et avec nous-mêmes. Elle nous offre les nuages, les plumages, les plantes, les pierres, les étoiles... Et malgré cela, nous préférons croire, non pas à ce que la nature nous enseigne, mais à des lubies absurdes : breloques, talismans, reliques et autres fétiches. Nous sommes superstitieux parce qu'au fond de nous-mêmes, nous avons peur de reconnaître la véritable beauté du monde. Nous préférons nous accrocher à de vulgaires bibelots.

Michael soupira profondément et ferma un instant les yeux, comme pour jouir pleinement de l'air marin et de l'écume que les vagues projetaient sur sa figure.

Fernando l'observait et le trouvait encore plus attirant que sur ses photos.

— Et maintenant, concentre-toi sur ce marlin qui t'attend dans les profondeurs marines, dit-il avec un grand sourire. C'est un rendez-vous que ni lui ni toi ne pouvez manquer. Tu verras.

Au même instant, Fernando sentit quelque chose tirer sur sa ligne avec une force phénoménale. En l'espace de quelques secondes, une dizaine de mètres de fil se dévida tandis que le moulinet tourbillonnait en vrombissant à toute allure. Suivant à la lettre les indications de Michael-Tom, il ôta la canne de son support et la saisit avec force entre ses mains. Le rendez-vous annoncé était sur le point de se produire. Du coin de l'œil, il vit que Michael l'observait d'un air satisfait et peut-être même une certaine fierté.

Le fil continuait de se dévider à une vitesse impressionnante. Dès qu'il sentait un répit, il s'efforçait de le rembobiner à toute allure. Jusqu'à ce que sa proie reprenne sa fuite et que le fil lui échappe à nouveau. Chaque fois qu'il le pouvait, il rembobinait ; sinon, il donnait du lest. Cet étrange ballet, ce duel entre le poisson et Fernando, dura si longtemps qu'il était épuisé. Il commençait à ne plus sentir ses bras et ses doigts étaient couverts d'ampoules, mais sa propre ténacité et les encouragements éclairés de Michael le soutenaient et lui donnaient des forces.

— Tu le tiens ! s'écria Michael.

Et il courut se poster derrière Fernando pour l'aider à tenir la canne qui ployait violemment à chaque impulsion du poisson. Au contact du corps de Michael qui se tenait derrière lui et de ses bras vigoureux qui l'aidaient à tenir la canne, Fernando se sentit pris d'un léger vertige mêlé de sensualité tandis que le poisson, qu'il n'avait toujours pas vu, le tirait par à-coups vers l'avant. *Pourvu qu'il ne se soit rendu compte de rien*, songea-t-il, troublé.

— À en juger par sa force, il doit être gigantesque ! Tu le sens ?

Au même instant, très loin devant lui, Fernando vit un marlin à la robe bleu métallique émerger des flots en faisant des bonds immenses, comme s'il dansait, son épée pointée vers le ciel. Le marlin exécuta plusieurs pirouettes aériennes avant de disparaître à nouveau dans l'eau.

— Maintenant, il va essayer de se réfugier dans les profondeurs. Laisse courir la ligne. Il ne faut pas qu'elle se brise. Quand il sera fatigué, nous le tirerons tout doucement vers nous.

Quelques minutes passèrent, qui lui parurent interminables. La mer semblait s'être calmée, le moulinet avait cessé de tournoyer et les deux hommes attendirent, plaqués avec force l'un contre l'autre, bras contre bras, leurs quatre mains enserrant la canne. Fernando était en proie aux sensations les plus diverses et inattendues. Il sentait le lien entre la formidable créature marine et cet homme au corps ferme et puissant.

— Maintenant ! cria Michael à l'oreille de Fernando.

Et il se mit à rembobiner le moulinet. Quoiqu'opposant encore une certaine résistance, le poisson se laissait tirer. Les forces conjuguées de Michael et de Fernando étaient supérieures à celle du marlin.

— Quand il réapparaîtra, tiens la canne bien fermement. Je vais chercher les gants.

Fernando songea qu'il ne trouverait jamais la force de lutter contre le monstre. Il banda au maximum ses muscles, prêt à résister à l'ultime impulsion. Enfin, le poisson bondit hors de l'eau, mais moins haut cette fois. Il était fatigué. Michael enfila de gros gants recouverts d'un maillage en métal pour se protéger les mains, tandis que Fernando rembobinait la ligne jusqu'à ce que l'espadon, vaincu, frôle la coque.

Michael saisit le poisson par l'épée et, avec un effort surhumain, d'un seul geste habile, parvint à le soulever et à le déposer dans la barque. Le marlin se débattait faiblement avec des contorsions de gymnaste. Un de ses yeux ronds et noirs semblait observer Fernando, comme s'il tentait d'établir un dernier contact, le dialogue muet ultime entre la victime et son bourreau. Les deux garçons, épuisés, se laissèrent choir sur le banc, collés l'un à l'autre, à la fois soulagés et satisfaits, et échangèrent un regard complice qui fit frissonner Fernando.

— Nous aussi, on est venus de la mer, dit Michael, il y a des centaines de millions d'années. Je crois bien que nous avons gardé quelque chose de ces origines ancestrales dans notre sang, dans nos larmes, et dans les profondeurs de notre corps. Nous sommes toujours constitués à quatre-vingt-dix pour cent d'eau, d'eau et de sel, comme l'océan. À cet égard, nous sommes plus proches de cette magnifique créature que des gorilles ou des chimpanzés de Darwin. C'est ce que je ressens tout du moins.

Il détourna la tête pour que Fernando ne voie pas les larmes dans ses yeux. Le marlin continuait de s'agiter, quoiqu'avec de moins en moins de vigueur.

— On lui retire l'hameçon ? demanda Fernando.

Michael se tourna à nouveau vers lui.

— Qu'est-ce que tu comptes faire du marlin quand on rentrera ?

— Je n'en sais rien, je n'y ai pas pensé. Mais ce qui est sûr, c'est que je ne vais pas le faire empailler.

— Dans ce cas, pourquoi est-ce qu'on ne le rejetterait pas à l'eau ?

— Oui, oui, dit Fernando, profondément soulagé et reconnaissant que Michael le lui ait proposé, car dans sa bouche à lui, ces paroles auraient eu le goût de la lâcheté. On le rejette à la mer, il l'a bien mérité.

Michael ôta l'hameçon de la gueule du marlin en le tenant fermement par son épée puis, traînant l'énorme créature, qui devait peser pas loin de cent kilos, jusque sur le plat-bord, le poussa dans l'eau. À cet instant, Fernando crut apercevoir dans l'œil noir et rond un regard d'adieu, et peut-être de remerciement.

Michael ôta ses gants de protection et lava ses bras et son torse ruisselants de transpiration dans la mer. Après quoi, à l'aide d'un seau, il aspergea le plancher de la barque pour en ôter les taches. Puis il rassembla les cannes à pêche, pour les nettoyer plus tard, expliqua-t-il, et mit le cap sur la côte.

— Tu reviens en vainqueur, dit-il à Fernando. Tu mérites un bon dîner pour reprendre des forces.

— J'aimerais bien t'inviter, si tu es libre ce soir, répondit Fernando.

— Je suis toujours libre, sauf quand je fais ce qui me plaît avec quelqu'un qui me plaît. Et tu me plais, déclara-t-il.

Fernando ne sut que penser. Sans doute s'agissait-il d'une déclaration d'amitié masculine, sans plus. Ou pas. Il se sentait profondément troublé.

Peu après, ils atteignirent la jetée. Michael accosta, sauta de la barque, alla ranger le matériel dans le coffre et ferma le cadenas au moyen de l'énorme clé. Fernando jeta un dernier regard à la barque qui l'avait mené dans cette aventure si importante et édifiante.

— Et ce T, c'est pour Tom ? demanda-t-il en désignant la lettre peinte sur la proue.

— Non, c'est pour saint François, répondit Michael. C'était son symbole. Une image de la croix de Tau, telle du temps des Romains, sans bras supérieur.

Sans ajouter un mot, il posa un bras sur les épaules de Fernando et lui dit :

— Et maintenant, plus de questions. À table ! La belle Vicky va nous préparer à manger. Mais attention, elle va réclamer le poisson que nous lui avons promis…

14

Vicky les accueillit avec un grand sourire puis, les ayant installés au fond de la salle à manger, leur apporta un plat de haricots rouges et de tacos au poisson. Elle leur servit ensuite deux bières, puis retourna s'occuper des autres clients.

Fernando réalisa qu'il avait une faim de loup. Mais avoir la bouche pleine ne l'empêchait pas de regarder Michael, occupé à mastiquer lentement, ses prunelles étincelantes à travers la frange qui retombait sur son front.

— Pourquoi est-ce que tu me regardes comme ça ? demanda Michael. Il y a un problème ?

Fernando se sentit bête. Il baissa les yeux et, faisant mine d'attaquer son troisième taco, repoussa quelques haricots sur le bord de son assiette tout en réfléchissant à ce qu'il allait dire.

— Oui, enfin, rien de grave. Mais oui, il y a un problème.

— Je peux savoir lequel ? Maintenant qu'on est amis…

— Précisément. Maintenant qu'on est amis – il marqua une pause –, Tom, je dois te faire un aveu.

— Tu peux tout me dire. Je sais garder un secret. Surtout de la part d'un ami.

Fernando but une longue gorgée de bière, manquant presque s'étrangler. Michael lui donna plusieurs tapes dans le dos et Fernando frissonna au contact de sa main à travers sa chemise.

— Allons bon. Ce n'est tout de même pas si grave !

Fernando avala sa salive et, le regardant dans les yeux, lâcha tout de go :

— Si, c'est grave, Tom. Je ressens plus que de l'amitié pour toi.

— Plus que de l'amitié ?

— Je crois que je suis amoureux.

Le silence qui s'ensuivit fut pour Fernando un véritable supplice. Il avait cessé de respirer, comme s'il avait craint que Michael ne se répande en invectives dès l'instant où il relâcherait l'air de ses poumons.

Mais rien de tout cela ne se passa.

— Je n'avais pas remarqué. J'étais loin de m'imaginer…

— Je t'en prie, excuse-moi.

— Fernando, tu n'as pas à t'excuser de quoi que ce soit. Au contraire, je suis flatté. Même si tes sentiments ne sont pas réciproques, j'éprouve une profonde affection pour toi. Posant une main sur son bras, il ajouta : Ça ne nous empêche pas d'être amis, si ?

Fernando dut faire un gros effort pour refouler les larmes qui lui montaient aux yeux.

— Amis, oui, certainement. Merci de ta compréhension.

— Pas de remerciements, s'il te plaît. Allons, viens, que je te serre dans mes bras.

Quand Vicky revint pour débarrasser, elle vit, non sans quelque surprise, les deux hommes s'étreindre chaleureusement. « Son » Tom avait enveloppé l'étranger de ses grands bras. Les autres clients les observaient, mi-gênés mi-amusés.

Plus tard, quand tous les clients furent partis, Michael et Fernando restèrent assis face à face et continuèrent à bavarder comme deux vieux amis.

Après avoir dressé les tables pour le petit déjeuner du lendemain, Vicky leur dit bonne nuit, puis éteignit toutes les lumières, ne laissant qu'une petite lampe allumée sur leur table. Seuls dans la salle à manger, on aurait dit deux explorateurs assis autour d'un feu de camp sur une île mystérieuse.

— Je n'ai pas encore trouvé ma place en ce monde, confessa Fernando. Mon père voulait que je devienne ingénieur, comme lui, mais le calcul et la physique, ça n'est pas mon truc. Ces choses-là me résistent. Moi, ce que j'aime, c'est explorer l'univers. J'aime l'histoire et la géographie. Mon père ne peut pas le comprendre. Il pense que les gens qui s'intéressant à ce genre de choses, les historiens, les littéraires, les journalistes, sont des bons à rien et des charlatans. Il ne jure que par le concret.

— Mon père, c'est pareil. C'est un homme riche à millions, qui a fait fortune en Arg... en Australie.

Il possède des entreprises partout dans le monde, et tellement de propriétés que je ne suis même pas sûr qu'il se souvienne combien. Il ne jure que par son travail. Ma mère a fini par en avoir assez et a décidé de le quitter. Maintenant, elle vit avec un homme d'affaires des Émirats et elle est heureuse. Non pas que ma mère soit une contemplative, loin de là. Elle adore les soirées people comme dans *Voici*...

Fernando sourit.

— Et pourtant, poursuivit Michael, ma mère est allée à l'école chez les sœurs, et elle en connaît un rayon sur la religion. Elle m'a appris à réciter le *Notre Père*, le *Je vous salue Marie*, et elle m'a offert une gravure de saint François que j'ai toujours. Saint François et le loup. Au collège, on nous a appris le poème de Ruben Diario sur saint François et le loup de Gubbio qui semait la terreur. François fait promettre au loup d'être bon et de bien se comporter. Au bout d'un certain temps, le loup croise à nouveau François et lui dit qu'il est retourné dans les bois et qu'il a repris ses habitudes de bête sauvage, car il a vu comment les humains se comportaient entre eux, comment ils se mentent, se volent et s'entretuent. Le loup explique alors qu'il préfère être un animal que vivre parmi les hommes. Et moi, je suis comme le loup ! ajouta Michael en éclatant de rire.

Sans même réfléchir, Fernando étira la main et la plaqua sur sa bouche.

— Chut. Tu vas réveiller tout l'hôtel ! dit-il en riant à son tour.

— Tu as raison, mais je me sens tellement bien avec toi que c'est comme si le monde autour de nous n'existait plus.

— Moi aussi, concéda Fernando, ému.

— Et ta mère, elle fait quoi ? demanda Michael.

— Ma mère est morte quand j'avais quatorze ans. Je n'ai pas gardé beaucoup de souvenirs d'elle, si ce n'est qu'elle était toujours souriante et qu'elle débordait d'une joie de vivre contagieuse.

— C'est bien que tu aies gardé un aussi bon souvenir d'elle. Moi, je n'ai gardé de mes parents qu'un souvenir de gens indifférents. Ils ne savaient pas à quelle école j'allais ni qui étaient mes amis. Je crois bien qu'ils ne se souvenaient même pas de ma date d'anniversaire. C'était la secrétaire de mon père qui la leur rappelait et c'était elle qui était chargée d'acheter des cadeaux.

— Il y a longtemps que tu ne les as pas vus ?

— Ma mère, ça va faire presque trois ans. On s'est croisés par hasard au Brésil, à Rio, où son nouveau mari et elle avaient fait escale avec leur yacht. Mon père, il y a quatre ans que je ne l'ai pas vu.

— Est-ce indiscret de te demander pourquoi ?

— C'était pendant les fêtes de Noël. Je lui avais apporté un cadeau, un plumier ancien que j'avais déniché dans un magasin d'antiquités. Ce n'est pas facile de trouver quelque chose à offrir à un millionnaire, mais j'ai pensé que ça lui rappellerait son enfance et que ça lui plairait. Lui m'a offert une cravate, mais je n'en porte jamais. Ni cravate ni costard. Ça me donne l'impression d'être en uniforme et je n'aime pas les uniformes.

— Mais ça partait d'une bonne intention…

— Une bonne intention qui révélait une méconnaissance profonde de la personne à qui le cadeau était destiné. Il n'y a qu'une seule fois où mon père a assuré question cadeau d'anniversaire. Quand j'étais petit, il m'a offert une bicyclette bleue – le bleu est ma couleur préférée. Et il m'a appris à monter dessus. Ça, je ne l'ai pas oublié.

Fernando décapsula deux autres bières et en posa une devant Michael.

— Et de cinq…, dit-il en alignant les bouteilles vides sur la table.

— Mon père ne se soucie pas de moi, dit Fernando. Il ne se préoccupe pas de savoir où je suis ou ce que je fais. Je ne sais pas si c'est parce qu'il a une confiance absolue en moi ou si c'est parce que je l'indiffère.

Michael leva sa bouteille et la cogna contre celle de Fernando.

— Aux pères absents !

— Tchin ! dit Fernando.

Michael reprit, le regard fixé sur un point invisible :

— Si mon père faisait au moins en sorte que ses usines ne polluent pas et ne contaminent pas l'environnement. Mais ses chefs d'industrie rejettent du poison dans les rivières et traitent leurs ouvriers comme des esclaves…

— Ça se passe comme ça en Australie ?

Michael posa sa bouteille et, plongeant ses yeux dans les yeux de Fernando, déclara :

— Moi aussi, j'ai un aveu à te faire.

Fernando retint son souffle, n'osant pas battre un cil.

— Je ne suis pas Australien.

— C'est bien ce qu'il me semblait. Ton espagnol est bien trop parfait.

— Je suis né en Argentine. Mon père est d'origine galloise, ses ancêtres ont émigré en Patagonie à la fin du XIXe siècle.

Fernando ne dit rien.

— Et je ne m'appelle pas Tom Finch. Mon nom est Michael Davies.

Fernando le regarda à son tour droit dans les yeux.

— Je sais.

— Comment ça ? Qu'est-ce que tu sais ?

— Je vais tout te raconter depuis le début. Mais il faut me promettre de ne pas te fâcher. J'ai fait ce que j'ai fait avec… j'allais dire « avec les meilleures intentions du monde », mais je devrais plutôt dire « en y mettant tout mon cœur ».

Il entreprit alors de raconter à Michael toute l'histoire depuis le début ; la proposition du *Nacional* jusqu'à la rencontre préméditée avec Ron, les conversations avec Tavares, et plus tard avec Araceli. Il n'omit aucun détail, afin de montrer à Michael qu'il ne lui cachait rien, comme si Michael avait pu comprendre ses motivations et ses sentiments s'il se mettait à nu devant lui. Quand il eut fini son récit, les premières lueurs de l'aube commençaient à entrer par les baies vitrées.

— Si je te dis tout cela, c'est parce que je crois que ton père a changé. Qu'il se repent de ses erreurs, en tant que père et en tant que chef d'entreprise. Il voudrait avoir une relation authentique de respect mutuel et d'amour avec toi, être un vrai père pour un vrai fils. Vous avez beaucoup plus en commun, lui et toi, que vous ne le croyez : le sentiment d'avoir une grande responsabilité envers le monde, une authentique volonté de faire évoluer les choses. Vous êtes tous les deux, en quelque sorte, des paladins, et c'est tant mieux, cela fait de vous des êtres modestes, sincères et généreux. Vous avez vécu tous les deux des expériences traumatisantes. Mais je suis convaincu que vous voulez l'un et l'autre vous racheter. Tu as remis à l'eau le marlin que nous avons attrapé, parce que tu estimais qu'il avait droit à un nouveau départ. Ton père et toi aussi avez droit à un nouveau départ.

Sur ces mots, Fernando étira le bras et étreignit doucement la main de Michael, sans trop savoir si c'était l'effet de l'amour ou de la bière.

15

Après cela, Fernando prit l'habitude de venir voir Michael et Vicky chaque jour. Selon une routine bien établie, il se réveillait à l'aube, se rendait au Majestic à pied, prenait son petit déjeuner avec eux, puis les deux hommes allaient chercher la barque pour emmener des touristes « vivre l'expérience authentique » de la pêche au marlin. Ce fut pour Fernando l'occasion de croiser des individus de toutes sortes, principalement des hommes. Des chefs d'entreprise américains qui voulaient découvrir le « monde sauvage » des côtes mexicaines avant de regagner la jungle des villes ; des couples de retraités, elle bâillant d'ennui, lui s'évertuant à faire des prouesses pour lui prouver qu'il était encore ingambe ; des Sud-Américains arrogants et grossiers pour qui aucune mer ne soutenait la comparaison avec « leur » Atlantique sud ; de jeunes Allemands et Suédois à la recherche d'un univers à l'exact opposé du leur, si propre et aseptisé ; des Japonais, des Chinois, des Coréens d'une politesse exquise mais peu bavards ; des mafiosi russes obèses ; des top models accompagnées de leur photographe de prédilection. Il y avait de tout, et Fernando se chargeait de seconder Michael du mieux qu'il le pouvait.

Cependant, il ne put s'empêcher de constater que l'humeur de Michael s'altérait de jour en jour – jamais pendant les excursions, en présence des touristes, mais plutôt le matin, au moment du petit déjeuner, et surtout le soir, quand ils buvaient une bière en tête à tête dans la salle à manger vide du restaurant, ou sur la plage, sous les étoiles.

Fernando veillait toujours à appeler Michael « Tom » en présence de Vicky, à qui le fils de Ron n'avait pas dit la vérité bien qu'il le lui ait conseillé. Mais ce n'était pas ce petit mensonge qui gâchait l'atmosphère dans ces moments-là. Parfois, Michael étrécissait les yeux, comme s'il somnolait, ou se mettait à marmonner dans sa barbe, sans se soucier de savoir si Fernando comprenait ce qu'il disait. D'autres fois, il s'enfermait dans un mutisme qui pouvait durer des heures.

Plusieurs semaines s'étaient écoulées, et l'occasion de reparler de Ron Davies ne s'était pas présentée. Si bien que Fernando gardait pour lui les questions qu'il aurait aimé poser, comme savoir si Michael envisageait des retrouvailles avec son père. Plus les jours passaient, et plus il apprenait à connaître Michael : son besoin de tenter constamment de nouvelles expériences, aussi bien physiques que mentales, sa passion pour le sport, sa vision presque zen des rapports sexuels, qui, disait-il, « nous obligent à puiser à chaque fois plus profondément dans nos forces vitales, qui ne sont pas illimitées ». Pour Fernando, cette philosophie semblait en contradiction avec le goût immodéré de Michael pour les drogues dites récréatives.

Un soir qu'ils étaient sur la plage, en train de fumer un joint devant un feu de camp, face à l'océan couronné d'écume qui scintillait au clair de lune, Michael aborda le sujet de la drogue.

Il commença par raconter sa rencontre avec le vrai Tom Finch, un authentique Australien, pour le coup, qui avait commencé à prendre des trips d'acide quand il faisait du surf à Perth. Là-bas, en dépit de sa situation idéale face à l'océan Indien, la bande littorale était peu profonde. Surnommée par les gens du cru la Five Fathom Bank[1], elle absorbait le plus gros des vagues, n'offrant aux surfeurs que des rouleaux de qualité médiocre. Pour compenser cette déficience, Tom avait essayé des drogues comme la mescaline et le LSD, et en était « tombé amoureux » parce qu'elles avaient, disait-il, le pouvoir de transformer une expérience banale en un feu d'artifice. Sauf qu'avec le temps, elles avaient fini par perdre de leur attrait, et que Tom avait commencé à augmenter les doses et à essayer d'autres substances plus dangereuses. Aussi, quand des amis lui avaient proposé de faire une virée au Costa Rica, il avait accepté sans hésiter, pensant que là-bas, il allait pouvoir renoncer aux paradis artificiels et redécouvrir le goût de la nature pure, savourer le soleil et le parfum de fleurs dont la plupart lui seraient sans doute inconnues.

1. Le *fathom* est une unité de mesure correspondant à environ 1,80 m.

Mais si Tom avait trouvé à Tamarindo le réconfort qu'il recherchait dans l'eau et le ciel, les drogues, « telles des amantes d'autant plus obstinées qu'elles se sentent délaissées », n'en avaient pas moins resserré leur emprise sur lui. Ses amis commencèrent à prendre leurs distances avec lui, ce qui eut pour résultat de le pousser à absorber toujours plus de drogues dures et addictives.

— Quand j'ai fait sa connaissance, expliqua Michael, c'était encore un type adorable, bon surfeur, mais avec la cervelle déjà sérieusement cramée par les stupéfiants. Pour essayer de l'aider, je partageais avec lui mes cachets. C'était sans doute une erreur, mais je ne voulais pas le laisser seul, et puis il se serait drogué de toute façon. Alors autant que ce soit avec mes pastilles de LSD plutôt qu'avec ces substances innommables.

Michael fit une pause et tira longuement sur le joint avant de le passer à Fernando qui, après une petite bouffée, jeta le mégot dans le feu, provoquant une gerbe d'étincelles pareille à une pluie d'étoiles dans l'obscurité.

— Un jour, on a vu débarquer un type à Tamarindo, d'un certain âge, habillé tout en noir avec une moustache à la Staline. Je ne sais pas comment Tom est entré en relation avec lui, ni quelle sorte de drogue il lui a refourgué. Mais toujours est-il que, quelque temps plus tard, j'ai eu l'impression que l'âme de Tom s'était éteinte, comme s'il n'était plus resté de lui qu'une coquille vide. Il ne me voyait plus, ne me parlait plus. Un soir, il a sorti une petite boîte en bois dans laquelle il gardait ses sous et me l'a donnée. Il m'a fait comprendre qu'il voulait que je la garde ; sans doute parce qu'il avait peur de faire n'importe quoi, de la jeter à l'eau ou de la brûler quand il était défoncé.

Michael marqua à nouveau une pause.

— Le lendemain, j'étais dans la mangrove en train d'observer les tortues, quand j'ai aperçu le corps de Tom flottant parmi les racines, la tête dans la vase. J'ai tout de suite compris qu'il était mort. C'est alors que l'idée m'est venue que c'était peut-être l'occasion pour moi de changer de vie. Je ne pouvais plus rien faire pour Tom, mais je pouvais peut-être faire quelque chose pour moi-même : changer d'identité, être un autre, quelqu'un de meilleur que celui que j'avais été jusque-là, et par la même occasion semer le détective que mon père n'allait pas tarder à lancer sur mes traces.

L'allusion indirecte mit Fernando mal à l'aise, mais Michael poursuivit son récit.

— Le loup de saint François n'avait eu que deux choix : le monde des bêtes ou le monde des hommes. Alors que j'en avais trois. J'allais partir m'installer quelque part où je pourrais vivre à mi-chemin de la nature et du monde dit civilisé. Entre la terre des hommes, l'air des oiseaux et la mer des poissons. Le soir même, j'ai fait mes bagages et me suis rendu à l'aéroport muni du passeport de Tom. Le voyage jusqu'à Los Cabos m'a paru interminable, presque un jour entier avec une escale à Atlanta. J'avais peur d'être démasqué, mais non, le nouveau système de reconnaissance digitale et oculaire n'avait pas encore été mis en place. C'était début janvier, et quand je suis arrivé, j'ai fait immédiatement la connaissance de Vicky.

— Michael, tu devrais lui dire la vérité. Elle t'aime beaucoup, tu ne devrais pas lui mentir. Elle te comprendra.

— Je sais. Mais… c'est compliqué.

— Pourquoi cela ?

— Vicky voudrait que j'arrête complètement la drogue. Il ajouta en riant : Son père est un rabbin de Memphis. Elle a reçu une éducation strictement orthodoxe. Et ce genre de choses, ça ne s'efface pas, même après une vie entière passée au soleil à boire de la tequila.

— Vicky a raison de vouloir que tu arrêtes. Ces petites saloperies te font du mal.

— Possible…

— Toi qui te préoccupes tant de la préservation de la nature, toi qui te bats pour un monde plus propre, plus écologique, tu devrais être bien placé pour le savoir.

— Les Indiens, qui connaissent mieux que personne les secrets de la nature, consomment des substances hallucinogènes depuis la nuit des temps. Et leur âme ne s'en porte pas plus mal.

— Mais tu n'es pas un Indien, tu ne prends pas ces drogues sous la vigilance d'un chamane, dans le cadre d'un rituel bien précis.

Michael ne répondit pas. Sur la toile du ciel, un milliard d'étoiles s'étaient allumées.

— On rentre ? demanda Michael.

Il se leva et épousseta le sable sur sa peau.

16

Le Majestic, hôtel sympathique et économique, quoique peu reluisant, hébergeait de jeunes surfeurs venus du monde entier. Six ou sept d'entre eux avaient sympathisé avec Vicky, et en particulier une ravissante Brésilienne du nom de Marisa, que Fernando soupçonnait d'être très attirée par Michael. Yves, un jeune Français arrivé à Los Cabos depuis on ne savait combien de temps, était le boute-en-train de la bande, toujours prêt à tenter de folles aventures et à faire des blagues.

Un soir qu'ils étaient tous sur la plage, assis autour d'un feu de camp qui projetait dans la nuit des étincelles pareilles à des feux de Bengale, Marisa entreprit de lire les lignes de la main de Vicky en s'éclairant avec une lampe de poche.

— Chez nous, les Juifs, les arts divinatoires sont interdits, lança Vicky en riant parce que les doigts de Marisa lui chatouillaient la peau.

— Ne ris pas, lui dit Marisa. C'est tout à fait sérieux.

— C'est vrai, confirma un garçon nommé Esteban. Chez moi, à Cadix, il y avait une gitane qui pouvait tout prédire. Un jour, elle a annoncé à un type qu'il allait mourir dans le mois. Quelques jours plus tard, il s'est fait renverser par une voiture.

— C'est un hasard, ça ne prouve rien, rétorqua Michael. Vous croyez à la chiromancie ? Et à quoi d'autre encore ? Aux poupées vaudoues et aux animaux sacrifiés ? Quand j'étais au Brésil, ajouta-t-il à l'intention de Marisa avec une agressivité soudaine, j'ai vu ce que faisaient les Cariocas sur la plage à Rio. Ils décapitaient des coqs blancs et allumaient ensuite des bougies sur leurs barques pour amadouer je ne sais quelles divinités.

— Tu ne crois pas à l'intuition, Tom ? lui demanda Marisa en braquant sa lampe torche sur ses yeux. Parce que c'est de cela qu'il s'agit. Sentir des choses à partir d'un objet, d'un geste, de la paume d'une main.

— Ce sont des superstitions idiotes ! grommela Michael. Comme ne pas passer sous une échelle ! Ou éviter de croiser un chat noir ! Ou comme ne pas habiter au treizième étage d'une de ces tours ridicules qui sortent de terre un peu partout !

Sur ces mots, il se leva d'un bond et se fondit dans les ténèbres de la plage.

— Dis donc, il n'est pas à prendre avec des pincettes, ces temps-ci ! fit remarquer Yves. Il se met en rogne pour un rien.

— C'est parce qu'il ne supporte ni la superstition ni l'hypocrisie. Il pense que les gens sont trop crédules. Selon lui, on devrait s'efforcer d'être plus rationnels, de ressentir les choses dans notre chair, de tenter des expériences authentiques…, expliqua Vicky.

— Toi, Vicky, tu vas connaître d'autres expériences, dit Marisa sans lui lâcher la main. Je vois un grand voyage. Des tas d'argent. Une rencontre avec un beau brun…

— Attention, Tom va être jaloux, lança une Caribéenne qui s'était jointe au groupe.

— Du moment que ce n'est pas un sorcier, ironisa Yves, Tom n'y verra pas d'inconvénient.

— Et nous savons à quelles expériences il se réfère…, ajouta la Caribéenne.

— Lesquelles ? voulut savoir Fernando, intrigué.

— Je préfère me taire, dit la fille. Des yeux qui ne voient pas, un cœur qui ne sent pas.

— Tom a besoin d'une bonne leçon, dit Yves. Il faudrait qu'il arrête de tout rapporter à sa propre expérience, de ne jurer que par la matière et par son propre corps. Il faudrait qu'il sache qu'il existe dans ce monde des mystères et des énigmes qu'il est impossible de démêler. Que nous recevons des signaux et des messages que nous ne pouvons pas ignorer.

— Notre Français est un vrai petit philosophe ! s'écria Vicky en riant. Qui est cap de piquer une tête ?

Et tout le groupe s'élança en criant dans les vagues noires couronnées d'écume argentée.

17

Le lendemain matin, tandis que Marisa et Vicky étaient en train de servir le petit déjeuner, Yves leur annonça qu'il avait préparé une surprise.

— Tes surprises, on les connaît, lui répondit Vicky.

— Pas celle-là. Tu verras. Quand vous aurez fini, toutes les deux, je vous montrerai.

Assis seul à une table, Fernando, qui avait entendu leur conversation, lança avec un clin d'œil :

— Ne vous en faites pas, les filles, je veille sur vous.

Il était onze heures, et Michael n'avait toujours pas donné signe de vie quand la bande prit le chemin de la plage. Marisa, Vicky et la Caribéenne portaient des bikinis si minuscules que Fernando se demanda pourquoi elles avaient pris la peine de les enfiler alors que leurs corps s'accordaient si parfaitement avec la limpidité de l'eau et du ciel. Dans ce paysage idyllique, la nudité n'avait rien de choquant. C'était plutôt lui, Fernando, avec sa chemise, son chapeau et son bermuda, qui ne semblait pas à sa place. Les garçons arboraient des caleçons de bain aux couleurs vives qui mettaient en valeur leurs torses taillés en V, et Fernando eut soudain l'impression d'être un intrus dans cet innocent jardin d'Éden, planté de palmiers aux allures d'archanges, où personne n'avait honte de son corps.

Quand les garçons s'élancèrent dans les vagues, Marisa et la Caribéenne les accompagnèrent jusqu'au bord de l'eau pour les encourager à grands cris. Vicky vint s'asseoir dans le sable à côté de Fernando.

— Je sais que Tom t'a parlé de ses cachets aux effets hallucinogènes.

— C'est vrai.

— Est-ce qu'il a mentionné d'autres substances ?

— Quel genre ? s'enquit Fernando, l'air inquiet.

— Des trucs beaucoup plus forts.

— Non, il ne m'a rien dit de tel. Au contraire, il m'a expliqué qu'il les évitait. Qu'ils étaient néfastes.

Vicky le regarda droit dans les yeux.

— S'il te plaît, ne lui dis pas que je t'en ai parlé. Il m'en voudrait à mort.

— Je ne dirai rien, promis.

— Il y a quelques semaines, quand tu n'étais pas encore là, je suis allée le trouver dans sa chambre un soir. Il ne m'a pas entendue entrer. Il était assis sur son lit, avec un petit tube dans une main et une feuille de papier d'aluminium dans l'autre, qu'il faisait chauffer au-dessus de la flamme d'une bougie posée sur la table de chevet. Il a approché le petit tube de sa narine et a aspiré.

— Et tu sais ce que c'était ?

— C'était de l'héro, j'en ai déjà vu au Majestic. Tu connais ?

— Non, avoua Fernando, confus.

— C'est comme ça qu'on appelle l'héroïne. Horse, héro, came, poudre, dame blanche… et j'en passe. Elle a autant de noms que le diable. Mon père disait que quel que soit le nom qu'on lui donne, le diable est toujours le diable, une créature maléfique qui cherche notre perdition. Mon père était un homme très érudit. Un rabbin sévère mais charitable et d'une grande sagesse. S'il connaissait Tom, il aurait pitié de lui et chercherait à l'aider.

Fernando réfléchit pendant un moment puis demanda :

— Quand tu l'as vu faire, tu as dit quelque chose ?

— Non, pas sur le coup. Mais le lendemain matin, si. J'avais remarqué des changements chez lui, depuis un certain temps déjà. Des moments d'euphorie suivis d'états dépressifs. Il se plaignait d'avoir les lèvres sèches, mais il avait beau les tartiner de beurre de cacao, ça ne passait pas. Par moments, il était pris de frissons. Tu imagines ? Des frissons par cette chaleur ?

— Et donc, tu lui as parlé ?

— Oui, et il est sorti de ses gonds. Il m'a dit que ce n'était rien de plus qu'une expérience, qu'il refusait de s'interdire quoi que ce soit, qu'il le faisait délibérément, pour arrêter la drogue ensuite.

Vicky avait les larmes aux yeux. Fernando la prit dans ses bras et la serra contre lui. Sa peau sentait l'huile de coco. Fernando réalisa à sa grande surprise qu'il n'avait pas envie de la relâcher.

— Allons, ne pleure pas, lui dit-il. Tout va s'arranger.

— Je n'en suis pas sûre, répondit Vicky entre deux sanglots.

— Moi, si. Fais-moi confiance. Ce soir, je vais lui parler.

Entre-temps, les garçons étaient sortis de l'eau et s'amusaient à pourchasser Marisa et la Caribéenne sur la plage. Le jardin d'Éden existait toujours, mais Fernando n'était plus là.

18

Ce soir-là, Fernando songea à passer un coup de fil à Ron pour lui faire son rapport, puis décida d'attendre. Mieux valait lui faire la surprise quand il aurait réussi à convaincre Michael, le fils prodigue, de rentrer chez son père. Tout à coup, il réalisa que pas une seule fois depuis qu'il était ici, il n'avait sorti son téléphone portable de son sac à dos. *Ce qui prouve bien qu'on peut parfaitement vivre sans être pendu à cette petite chose*, se dit-il en souriant de toutes ses dents.

Il dîna en compagnie d'Yves et des Canadiens, qui lui firent goûter un miel d'érable venu tout droit du Québec et dont ils tartinèrent les galettes de quinoa préparées par Vicky. Michael n'avait pas donné signe de vie de toute la journée. Quand des touristes belges s'étaient présentés à l'hôtel pour réserver une excursion de pêche en mer, Vicky leur avait dit qu'elle les tiendrait informés et avait noté leurs coordonnées. Voyant que la jeune fille avait les yeux rouges et l'air épuisée, Fernando l'avait serrée dans ses bras.

— Va prendre un peu l'air, lui dit-il. Je m'occupe des derniers clients.

À présent, Fernando était seul dans le restaurant. Il avait débarrassé les tables, rempli le lave-vaisselle, et il ne lui restait plus qu'à mettre le couvert pour le lendemain matin. En revenant de la plage, Vicky était allée directement se coucher.

Quand Michael entra dans la salle à manger d'un pas chancelant, Fernando était assis devant une baie vitrée, en train de contempler le ciel constellé d'étoiles. Il prit son ami dans ses bras et le fit asseoir en face de lui. Michael avait l'œil vague. Une tache de vomi s'étalait sur sa chemise à fleurs et ses cheveux assombris par la transpiration étaient plaqués sur son front. Il avait les pupilles dilatées et le souffle court.

Fernando se leva, alla imbiber un torchon d'eau et lui essuya la figure. Michael continuait de regarder dans le vide, les yeux fixés sur un point invisible.

— Michael, tu m'entends ? demanda Fernando.

Son ami ne répondit pas. On aurait dit qu'il dormait les yeux ouverts.

— Ne bouge pas. Je vais te préparer un café bien fort, lui dit Fernando.

Cinq minutes plus tard, il revint avec une tasse de café fumant.

— Bois, ordonna-t-il.

Michael obéit. Une gorgée après l'autre, le café l'aida à retrouver quelque peu ses esprits. Il se redressa sur sa chaise, se passa une main dans les cheveux et inspira profondément.

— Ça va mieux ?

— Oui, merci, répondit Michael d'une voix éraillée. Beaucoup mieux.

Dehors le vent s'était levé. Plus tôt dans la journée, un pêcheur avait dit à Fernando : « Le ciel va se déchirer. Les poissons ont la frousse. »

Fernando saisit le torchon, retourna le passer sous le robinet, puis essuya à nouveau la figure livide de Michael.

— Tu veux parler un peu ?

— Non.

— Il faut qu'on parle, Michael, tu ne peux pas continuer comme ça.

— Je sais. Maintenant que je connais les effets, je sais.

— Et combien de fois encore vas-tu dire : « C'est la dernière fois que j'en prends » ?

Michael ne répondit pas.

— Le moment est peut-être venu de prendre la grande décision, suggéra Fernando. Tu es fort, tu en es capable. Maintenant que tu sais que ton père veut que tu reviennes pour que vous repartiez de zéro tous les deux, pourquoi attendre ? Pourquoi ne pas te donner une nouvelle chance ?

Michael ne disait toujours rien, les yeux fixés sur le carrelage, un petit sourire aux lèvres.

— Écoute, on va rentrer tous les deux à Buenos Aires. On va prendre l'avion ensemble et je serai à tes côtés. Comme un ami, ajouta-t-il.

Michael releva la tête et le regarda dans les yeux.

— Cet après-midi, il s'est passé un drôle de truc. J'étais en train de ramener sur la plage un couple de touristes qui, soit dit en passant, étaient furieux contre moi parce qu'ils n'avaient rien attrapé, et je me suis demandé comment je pourrais faire pour changer de vie, encore une fois. J'étais en train de ranger le matos dans le coffre, quand j'ai vu un livre posé là. C'était une de ces bibles comme on en trouve dans les chambres d'hôtel. Quand je l'ai ouvert à l'endroit du marque-page, je suis tombé sur l'évangile selon saint Luc : « Je ne suis pas venu pour parler aux justes, mais pour appeler les pécheurs au repentir. » Il rit. On aurait dit un truc de sorcière. Je ne crois pas à ces machins-là, mais ça m'a fait tout de même un choc, et je n'ai pas réussi à me sortir cette phrase de la tête.

— Et qu'est-ce que tu as fait ?

— J'ai pensé que le moment était peut-être venu de passer à une nouvelle étape. Je suis tombé sur cette phrase par hasard, je le sais bien, mais ce hasard semblait faire partie d'une trame plus vaste, insaisissable. J'ai pensé : *Pourquoi pas ? Pourquoi pas maintenant ?* Je suis rentré et j'ai sorti toutes mes affaires de la penderie. C'est-à-dire trois fois rien. Et parmi elles, le coffret de Tom Finch. Je savais qu'il y gardait sa réserve d'héroïne. J'en avais déjà pris deux ou trois fois. J'ai décidé de rendre un dernier hommage à ma vie passée. *One for the road*, un dernier pour la route, comme disent les Ricains.

— Et maintenant ? Tu vas prendre ta décision ?

— Je l'ai prise. Ce soir, c'est la dernière. Demain matin, on se retrouve ici et on rentre ensemble à la Reina del Plata.

— Mais pas avec la queue entre les jambes, hein ? dit Fernando en souriant. Avec la tête haute.

Michael se leva et étreignit chaleureusement Fernando. Ce soir-là, Fernando s'endormit avec l'odeur de Michael sur sa peau. Et il fit de beaux rêves.

19

Le lendemain matin, Fernando trouva Vicky en train de garnir les petits vases qui servaient à décorer les tables de la salle à manger. Il l'observa pendant un long moment, admirant ses gestes délicats et la façon dont elle disposait les fleurs selon les couleurs de l'arc-en-ciel.

Vicky leva les yeux et demanda, inquiète :

— Tu as réussi à le voir ?

— Oui. On a parlé un long moment. Je crois qu'il a compris qu'il devait changer de vie et laisser de côté ces maudites drogues.

Le visage de la jeune femme s'illumina.

— C'est vrai ? Il t'a dit ça ? Tu n'as pas idée comme je suis contente. Quand on est ensemble, Tom et moi, tout paraît simple et limpide. Il suffit qu'il me prenne dans ses bras, sans rien dire, qu'il dorme en me serrant contre lui comme un oreiller pour me rendre heureuse. Ça te fait rire ? C'est pourtant la vérité. Je suis intimement convaincue que Tom est quelqu'un de plutôt casanier, un gars qui aime la vie simple, le contact avec la nature, la compagnie de la personne qu'il aime.

Refoulant un pincement de jalousie, Fernando reconnut :

— Je crois que tu as raison. Espérons qu'il en est conscient lui aussi.

Vicky le fixa du regard puis, après un moment d'hésitation, déclara :

— Fernando, tu es un vrai ami. Il faut que je te dise quelque chose. Assieds-toi.

Fernando s'assit à la table où étaient rassemblés tous les petits vases et il eut l'impression de se retrouver dans un jardin plein de minuscules pots de fleurs. Il attendit que Vicky s'asseye à son tour. Le soleil qui entrait par les baies vitrées jetait des reflets argentés dans les cheveux de la jeune femme.

— Je vais te confier un secret, dit celle-ci. Tom n'est pas Tom. (Fernando la regarda, bouche bée). Je veux dire que ce n'est pas son vrai nom. J'ignore pour quelle raison il se fait appeler Tom Finch, toujours est-il qu'il n'est pas australien, mais argentin, et que son vrai nom est Michael Davies.

— Vicky, quand est-ce que tu l'as découvert ?

— Il y a un bout de temps déjà. Un jour que je faisais le ménage dans sa chambre, j'ai trouvé un petit étui en plastique sous sa pile de chemises. Je l'ai ouvert, et il contenait un passeport argentin avec sa photo et son signalement. J'ai remis l'étui à sa place et je n'ai rien dit. Je l'aime pour ce qu'il est, et peu m'importe son nom ou sa nationalité. Il ne m'a pas menti, simplement il s'est choisi une autre identité qui ne change rien à ce qu'il est profondément. Il n'en demeure pas moins quelqu'un de sincère, de fort et d'honnête, quand il s'agit des choses importantes. Et pour tout dire, lorsque j'ai découvert sa véritable identité, je ne l'en ai aimé que davantage.

— Tu es quelqu'un de spécial, Vicky. Je t'admire. Et j'admire ta fidélité envers… Comment est-ce que nous allons l'appeler dorénavant ?

— Toi aussi, tu es un vrai ami. Et Tom, je veux dire Michael, t'aime comme son frère.

Fernando s'approcha d'elle et ils s'étreignirent. Puis Vicky demanda :

— Est-ce que tu sais s'il a dormi ici hier soir ? Il n'est pas venu me retrouver dans ma chambre.

— Je crois que oui. Tu veux que j'aille le chercher ?

— Non. Laisse-le dormir. Il en a besoin, et puis aujourd'hui, il n'y a pas de réservations pour la pêche en mer.

Comme si elle s'était subitement souvenue de quelque chose, elle sortit une photo de sa poche et la tendit à Fernando. Sur la photo, on la voyait les deux bras passés autour de la taille de Michael qui souriait en prenant une pose d'athlète.

— Elle est pour toi. Pour que tu te souviennes de nous, dit-elle avant de filer à la cuisine.

Ce matin-là, Fernando chercha quels étaient les vols les plus rapides à destination de Buenos Aires. Avianca en proposait un depuis Los Cabos avec escale à Lima. Il nota les horaires et les prix pour en discuter plus tard avec Michael. Heureusement, il était toujours en possession de la carte de crédit que Ron lui avait remise. Il y était presque midi quand il se décida à aller réveiller Michael. Ils avaient beaucoup de choses à régler s'ils voulaient partir dans un jour ou deux.

Il poussa doucement la porte de la chambre n° 3. Il n'y était jamais entré, et ne l'aurait jamais fait sans y avoir été invité. Mais cette fois c'était différent, il estimait en avoir le droit.

C'était une petite pièce, avec une fenêtre minuscule cachée par un rideau rouge, et garnie d'une armoire, d'une table et d'une chaise. Pantalons et chemises s'étalaient au petit bonheur. Sur la table reposaient une bouteille d'eau et un verre, une bougie éteinte ; un petit morceau de papier d'aluminium contenant des restes de poudre jaunâtre, et à côté un petit tube blanc. Une odeur fétide flottait dans l'air.

Michael était allongé, entièrement nu, et la bouche ouverte. Sur le coup, Fernando crut qu'il était endormi. Mais presque aussitôt, il comprit qu'il n'en était rien. Il s'approcha du corps inerte, et prit sa tête entre ses mains. Ses yeux étaient fermés, ses cheveux, si blonds au soleil, retombaient à présent en mèches obscures sur son front. De ses lèvres s'échappait une mousse blanche.

Fernando resta un instant interdit. Puis il reposa la tête de Michael sur l'oreiller et remonta le drap sur son corps. Il avait envie de pleurer, mais les larmes ne vinrent pas. Lentement, tout doucement, il sortit de la chambre comme si le moindre bruit avait pu faire sursauter le garçon mort qu'il avait tant aimé.

Il se retrouva nez à nez avec Vicky dans le couloir. Ils échangèrent un regard sans rien dire. Il comprit que la jeune fille avait deviné et la laissa passer. Puis il alla à la cuisine et se servit un verre d'eau. Il avait la gorge en feu, et les joues aussi.

Au même instant, les deux Canadiens et la Caribéenne entrèrent en chahutant gaiement, suivis d'Yves et de Marisa. Dès qu'ils virent la tête de Fernando ils se turent, et Marisa demanda :

— Quelque chose ne va pas ?

— Michael. Je veux dire… Tom.

Il ne put pas continuer. Il voulut empêcher le groupe de se précipiter dans la chambre du mort, mais ses muscles ne lui obéissaient pas. Il se sentit défaillir et se retint à une chaise.

Depuis la chambre, lui parvint la voix de Vicky qui psalmodiait des paroles dans une langue inconnue. Il sut plus tard qu'il s'agissait du *Kel Maleh Rachamim*, la prière que récitent les Juifs pour l'élévation de l'âme des défunts.

20

Les formalités administratives furent rapidement expédiées. L'inspecteur de police en charge de l'enquête était un homme d'une cinquantaine d'années, petit et bedonnant, et d'un calme imperturbable. Il mena quelques entretiens avec Fernando, Vicky, et deux ou trois autres jeunes de la bande, inspecta minutieusement les effets personnels de Michael et n'eut pas l'air exagérément surpris de trouver deux passeports. Deux e-mails lui suffirent pour vérifier qui était Tom Finch et quelles avaient été les circonstances de sa mort, puis, en présence de la consule honoraire d'Argentine, une femme énergique et distinguée, il délivra le permis d'inhumer le corps qui, selon la loi mexicaine, devait être enterré le jour suivant le décès.

La cérémonie se tint au cimetière de Cabo San Lucas, à l'ombre d'un arbre de copey. Au groupe d'amis s'étaient jointes quelques personnes plus âgées, sans doute des clients de Michael, que Fernando n'avait jamais vues. Vicky déposa une fleur de mauve sur le cercueil. « Surtout pas d'orchidées, avait-elle dit à Fernando.

Michael les trouvait prétentieuses. » Fernando régla tous les frais avec la carte que lui avait donnée Ron. Yves prit une photo de la tombe et promit à Fernando qu'il la lui enverrait. Après quoi il avoua à Fernando et Vicky que c'était lui qui avait déposé la Bible sur le coffre où Michael rangeait son matériel, pour qu'il la trouve à son retour de la pêche. Lorsqu'Yves avait entendu Michael pester contre les chiromanciens et les grigris, l'idée lui était venue de lui jouer un tour. Il voulait lui prouver que des paroles contenues dans un livre, par exemple, avaient le pouvoir de révéler une vérité cachée, tel un signe envoyé par les astres. Yves pensait que lorsqu'il tomberait sur la phrase de l'Évangile, Michael éprouverait, sinon du repentir, tout au moins l'impression troublante qu'une voix venue de l'au-delà s'adressait à lui.

— Comme lorsqu'on hésite à faire quelque chose, expliqua Yves, ému, et qu'un signe du destin nous incite à prendre telle ou telle direction, ou comme lorsqu'on pense à quelqu'un et que cette personne débouche subitement au coin de la rue. Dans ces moments-là, on a le sentiment que quelque chose de mystérieux est à l'œuvre. Je voulais que Michael ne se montre pas aussi rigide face à ce genre de choses. Je ne savais pas, je ne pouvais pas savoir que j'allais provoquer un tel drame. *Je le regrette, je le regrette infiniment*[1], se lamenta-t-il.

Et ils virent les larmes lui monter aux yeux.

1. En français dans le texte.

Le coup de fil à Ron fut l'une des épreuves les plus difficiles que Fernando ait jamais eu à surmonter. Il avait décidé de ne pas l'appeler tant qu'il n'aurait pas retrouvé son fils, et lorsque l'eut retrouvé, il avait décidé de surseoir encore, estimant qu'il devait d'abord en apprendre davantage sur les circonstances de sa fugue. Quelle fierté de pouvoir alors ramener Michael en Patagonie, chez son père, et d'assister à leurs retrouvailles ! Mais plus Fernando apprenait à connaître Michael le fugitif, et plus il repoussait l'échéance, comme lorsqu'on lit un livre passionnant et qu'on n'a pas envie qu'il finisse.

Mais cette fois, le point final avait été atteint ici même, et reposait à présent sous la terre sablonneuse de Los Cabos. Le moment était venu de tout raconter à Ron. Ou peut-être pas tout. En tout cas pas maintenant, pas au téléphone.

Ron décrocha aussitôt, et en entendant la voix de Fernando, demanda sans préambule :

— Tu l'as retrouvé ?

— Oui.

— Dieu soit loué !

Cependant, quelque chose dans la voix de Fernando le poussa à demander :

— Il va bien ?

Fernando ravala le sanglot qui montait dans sa gorge.

— Non.

— Il est malade ? Il a eu un accident ?

— Ron, je vais rentrer en Argentine et je viendrai directement vous voir pour vous raconter ce que j'ai découvert.

Il y eut un long silence durant lequel les deux hommes semblèrent retenir leur souffle.

— Tu ne peux pas tout me raconter là, tout de suite ?

— Non, Ron, j'aime mieux pas. J'ai besoin de vous parler face à face. Je vais prendre l'avion ce soir. Il y a un vol qui fait escale à Lima. Une fois à Buenos Aires, je prendrai un avion pour Bariloche. Vous pensez que quelqu'un pourra venir me chercher à l'aéroport ?

— Je viendrai moi-même. Tu n'auras qu'à me donner le numéro de ton vol.

La communication se coupa. Ron avait raccroché.

21

Une fois de plus, à l'orée de l'horizon invisible, parmi les teintes suaves et terreuses d'octobre, les cimes lointaines de la Cordillère se profilèrent derrière le hublot de l'avion. Mais cette fois, Fernando n'y discerna ni présage ni promesse. Il eut l'impression, au contraire, que ces vénérables sommets couronnés de blanc étaient les juges d'un tribunal devant lequel il allait devoir comparaître et qui le condamneraient pour avoir failli à sa mission. Il avait retrouvé le fils prodigue, mais n'avait pas réussi à le ramener au bercail.

Avant de partir, il avait récupéré les quelques possessions de Michael avec l'autorisation du commissaire, et les avait rangées dans son sac à dos. Il avait également apporté les notes qu'il avait prises tout au long de ces derniers mois, ainsi que quelques photos de Michael et de la bande de surfeurs. C'était comme s'il rapportait l'âme de Michael sur ses épaules, songea-t-il, et ce sentiment le rasséréna un peu.

Il avait réglé sa note d'hôtel, avait dit au revoir à la bande, et laissé son numéro de portable à Vicky :

« Au cas où tu aurais besoin de quoi que ce soit. » Vicky avait décidé de rester à Cabo San Lucas : « Je ne me vois pas vivre ailleurs, avait-elle dit. Ici, au moins, je me sens près de Michael. »

En sortant du petit aéroport de Bariloche, Fernando aperçut immédiatement Ron, debout à côté d'un quatre-quatre Mercedes noir, lunettes noires, veste en peau de mouton, gants de cuir et bonnet de laine. Tous ces détails lui sautèrent aux yeux, comme s'il avait scruté une photo de famille, le portrait d'un parent éloigné qu'il avait connu à une époque où lui, Fernando, était quelqu'un d'autre. Quant au Fernando de retour du Mexique, il se demandait si celui qui l'attendait était toujours le même homme affable, sage et généreux qui l'avait chargé de retrouver son fils. Car maintenant que Michael était mort, plus rien n'était comme avant.

Ron le serra dans ses bras puis le fit monter dans la voiture. Ils roulèrent pendant un long moment en silence. Fernando, qui n'avait pour ainsi dire pas fermé l'œil depuis vingt-quatre heures, contemplait la route qui, telle une scène de théâtre dont les rideaux s'écartent, révélait un horizon inatteignable dominé par la présence sévère des contreforts de la Cordillère aux couleurs délicates du printemps naissant. Ron fut le premier à rompre le silence.

— Si tu n'es pas trop fatigué, raconte-moi tout. Depuis le début.

Fernando ouvrit la bouche, et la première chose qu'il dit fut :

— Michael est mort.

Il n'osa pas marquer de pause, et entendit sa propre voix, comme si c'était celle d'un autre, raconter d'un ton grave et monocorde les événements survenus au cours des six derniers mois, tandis que la voiture glissait sans à-coups sur l'asphalte, sans omettre un seul détail.

Ron l'écoutait, les yeux fixés sur la route, les mains agrippées au volant, les traits impassibles.

Quand Fernando eut achevé son récit, ils s'étaient engagés sur le petit sentier qui menait à la maison. Aurora les attendait, debout sur le seuil. Dès qu'elle vit leurs visages défaits, elle comprit ce qui s'était passé, à moins que les cartes ne le lui aient déjà révélé.

— Fernando va prendre une douche et se mettre au lit directement. Quand il se réveillera, nous mangerons un morceau. Il a besoin de reprendre des forces.

Aurora le mena jusqu'à la chambre qu'il connaissait déjà et qui, à présent, lui faisait l'effet d'un mausolée. Mais la fatigue eut raison de son anxiété. Il se doucha, se sécha, puis se glissa entre les draps du lit de Michael.

22

Le lendemain, il faisait gris. Le printemps rechignait à faire place à l'été et le fond de l'air était encore frais, presque froid. Dans la cheminée du salon, Aurora avait allumé un feu. Le crépitement des flammes rappela à Fernando les feux de camp autour desquels la bande se réunissait sur la plage de Los Cabos, et la peau de Michael dont la teinte cuivrée prenait toutes sortes de reflets dans l'obscurité.

Il sentait que ce monde, qui jusqu'à il y a peu était encore le sien, appartenait désormais à un passé lointain et incompréhensible, et que le Fernando d'alors était devenu un inconnu dont les pensées lui étaient étrangères et mystérieuses.

Il entendit arriver Ron et se retourna pour le saluer. Il avait visiblement pris un coup de vieux. Ses traits virils, élégants et bien dessinés s'étaient flétris, et la peau présentait des ridules autour des yeux et de la bouche. Son front était ombrageux, ses cheveux plus blancs, son regard comme perdu.

Ron vint s'asseoir face à lui et, les yeux fixés sur les flammes, lui demanda de lui raconter encore une fois la mort de Michael. Ce qu'il fit, lentement et à voix basse.

Quand il eut fini, Ron releva les yeux et lui dit :

— Merci. Tu as fait ce que je t'ai demandé. Tu l'as retrouvé. Le reste, tu n'y es pour rien.

Aurora entra en silence et déposa devant eux un plateau avec du café, puis se retira. Fernando songea que l'odeur du café avait quelque chose de réconfortant, comme l'étreinte chaleureuse d'un ami.

— C'est curieux, dit Ron, en se perdant à nouveau dans la contemplation des flammes. Lorsqu'on perd sa femme, on est veuf. Lorsqu'on perd ses parents, on est orphelin. Mais lorsqu'on perd son fils unique… on est quoi ? Rien ? Il n'existe pas de mot pour cela. C'est comme si on avait besoin de mettre un nom sur cette absence, parce qu'elle nous dépasse, parce qu'elle se situe au-delà des mots. Nous n'arrivons pas à en saisir complètement la réalité. Jamais plus je ne verrai mon fils. Jamais plus je ne parlerai avec lui.

Fernando ne dit rien. Parce qu'il ne savait pas quoi dire. Ron poursuivit :

— Cette déesse Fortuna, dont tu m'as parlé, nous a réunis. Maintenant, je sais pourquoi. Je crois comprendre son dessein.

Fernando resta silencieux.

— Au cours des conversations que nous avons eues, avant ton départ, et maintenant, à ton retour, j'ai, me semble-t-il, appris à te connaître. Je crois savoir qui tu es. Je crois avoir décelé ton honnêteté, ta sincérité, ta compassion envers les autres.

Fernando sentit comme une douleur lui transpercer les côtes – ses remords étaient si forts qu'ils se traduisaient par une douleur physique. Il n'avait pas dit toute la vérité à Ron : qu'il était journaliste, qu'il s'était lancé sur ses traces en vue de faire sur lui des révélations indiscrètes, qu'il était tombé éperdument amoureux de son fils. Sentant le feu lui monter aux joues, il déglutit avec force et s'obligea à sourire.

— Tu m'as dit que les relations avec ton père étaient difficiles, qu'il y avait longtemps que vous ne vous étiez pas parlé, et que tu avais l'impression d'être un orphelin. Moi, je n'ai pas pu être le père dont Michael avait besoin, je n'ai pas joué pleinement mon rôle, je n'ai pas répondu à ses attentes.

Fernando faillit lui dire que Michael avait envisagé la possibilité de tourner la page, de renouer avec son père mais, réalisant qu'une telle révélation risquait d'être trop douloureuse pour Ron, il ne dit rien.

— Je crois que nous avons réussi à établir une relation de confiance et d'amitié, moi, l'homme mûr, et toi, le jeune garçon. Un peu comme un père et son fils. Tu n'as pas cette impression ?

— Si, répondit Fernando, quoique sans bien comprendre où Ron voulait en venir.

— Voici donc ce que je te propose. Tu vas rester ici et être le fils que je n'ai pas su garder. Laisse-moi t'aider à trouver ton chemin. Et plus tard, quand tu auras trouvé la fille avec qui tu veux faire ta vie et que vous aurez des enfants, donne-moi la possibilité d'être le grand-père que j'ai toujours voulu être. Je pense que je serai un bon grand-père, grâce à qui tes enfants pourront apprendre à découvrir la beauté de l'univers.

Fernando le regarda, bouche bée.

— Ron, je ne sais que vous dire. Votre proposition me touche. Mais c'est trop. Après la mort de Michael... vous essayez de combler un vide. Mais il ne faut rien précipiter. Il faut laisser le temps faire son œuvre, réfléchir à tout cela...

— Tu parles comme le vieux que je suis, et moi, comme le jeune impulsif que tu devrais être. Mais tu as peut-être raison. Laissons cela de côté. Néanmoins, je te demande une chose : reste encore un peu. Ne t'en va pas. Et pense à ce que je t'ai dit. Quand tu jugeras le moment venu, nous en reparlerons.

Sur ces mots, Ron se leva et quitta la pièce.

Plusieurs jours passèrent. Le temps gris et imperturbable donnait à Fernando l'impression que les horloges s'étaient arrêtées. Aurora ne desserrait pour ainsi dire pas les dents quand elle leur servait les repas, et Fernando faisait de longues promenades sous l'œil vigilant des cimes lointaines pour passer le temps.

Enfin, un matin, Ron et lui se retrouvèrent autour de la table du petit déjeuner. Les nuages avaient disparu et fait place à un jour clair et embaumé. Ce fut Fernando qui prit la parole le premier.

— Ron, j'ai pris le temps de réfléchir à votre proposition. Je me sens très honoré. Je me suis attaché à vous, au cours des quelques jours que nous avons passés ensemble, comme à un grand frère, ou à un confident, et aussi un maître à penser. Je pense que je n'aurai aucun mal à faire partie de… disons… votre vie.

— Fernando, tu n'as pas idée comme cela me fait plaisir. Je suis convaincu que nous pourrions devenir une vraie famille, unie et heureuse.

Fernando fit une longue pause, les yeux baissés.

— Mais, Ron, il y a une chose que vous devez savoir avant de prendre une décision.

Ron chercha son regard, l'obligeant à relever les yeux.

— Tu peux tout me dire. Je t'écouterai toujours. J'ai appris ma leçon.

— Ron, vous m'avez proposé de veiller sur moi et ma future épouse, et de devenir le grand-père de mes enfants. C'est envisageable, mais pas de la façon que vous croyez.

— Comment cela ?

— Ron, il faut que vous sachiez une chose – il inspira profondément avant d'ajouter : Je suis gay.

— Gay ?

— Homosexuel. J'aime les hommes. Je crois que j'ai toujours été attiré par eux depuis l'adolescence. Et j'espère rencontrer quelqu'un avec qui partager ma vie et peut-être adopter des enfants. Mais ce quelqu'un ne sera pas une femme.

Ron resta silencieux, l'air grave. Il regarda Fernando comme s'il cherchait à lire dans ses yeux une vérité ineffable, puis déclara :

— Je te suis reconnaissant de ton honnêteté. Mais je t'avoue que je ne m'attendais pas à un tel aveu… et que je ne sais pas quoi dire.

— Ne dites rien. Je comprends votre réaction. Vous vous étiez imaginé quelque chose de plus conventionnel. Et il est difficile de voir ses rêves s'envoler d'un coup.

Ron ne répondit rien.

— Je ne veux pas vous influencer de quelque façon que ce soit. Je vous estime trop pour vous pousser à prendre une décision qui ne vous conviendrait pas, surtout après la mort tragique de Michael. C'est pourquoi je vous propose ceci : Je vais rentrer à Buenos Aires, reprendre mon train-train, et dans quelque temps, si vous le voulez, vous m'appellerez et nous reparlerons de tout cela.

Ron se leva et serra Fernando dans ses bras.

— Fernando, tu es un honnête garçon, et quoi que tu fasses, je te souhaite le meilleur. Je t'appellerai et je te dirai ce que j'ai décidé. Soyons optimistes. Mais en attendant, prends soin de toi. Et merci pour tout ce que tu as fait. Puisse la déesse Fortuna éclairer ton chemin.

Le lendemain, après avoir fait ses adieux à une Aurora éplorée, Fernando demanda à Ron s'il pouvait emporter un souvenir de Michael, et prit la petite gravure de saint François et le loup. Ron lui expliqua qu'il était trop bouleversé pour pouvoir conduire, et ce fut Tulio, le pilote et chauffeur de Ron, qui l'amena à l'aéroport.

Fernando monta dans l'avion, sous l'œil bienveillant des majestueuses montagnes dont les pics enneigés se reflétaient dans l'immense lac de Nahuel Huapi, qui en langue indigène signifie « île du Tigre », par allusion aux nombreux pumas qui peuplent la zone. Le soleil brillait et le vrombissement des insectes emplissait l'air, annonçant la fin prochaine de l'hiver. Une fois dans l'avion, Fernando réalisa qu'il avait oublié de laisser à Ron le dossier avec ses notes.

PARTIE 2

23

Alexia était en train de faire revenir une tête d'ail et un oignon émincés pour préparer son célèbre *sugo* à la façon de sa grand-mère sicilienne, quand elle entendit un rugissement de sirènes de police à proximité. Depuis l'immense baie vitrée, qui ne s'ouvrait pas, elle ne pouvait apercevoir que les fenêtres de la maison d'en face, mais de la rue lui parvenait un concert de cris et de hurlements. Elle s'empara du jeu de clés que Fernando laissait toujours sur la petite console dans l'entrée, enfila sa veste et sortit en courant. Un attroupement s'était formé au coin, que la police tentait sans grand succès de tenir à distance de la supérette. Quand Alexia voulut passer, un agent corpulent et moustachu lui barra le chemin.

— Il y a un ami à moi à l'intérieur, dit-elle. Je veux savoir s'il va bien.

— Mademoiselle, je ne peux laisser entrer personne. Adressez-vous au commissaire. Et maintenant, circulez, dit le policier.

Une femme en robe à fleurs, avec un fichu sur la tête, s'approcha et dit :

— C'est horrible ! On n'est plus en sécurité nulle part, même quand on fait ses courses ! Ces sauvages tueraient père et mère pour une poignée de pesos. La vie des autres n'a aucune valeur à leurs yeux. Il était si jeune !

— Qui ça, madame ? Qu'est-ce qui s'est passé ? Vous avez vu quelque chose ?

— J'allais entrer dans la boutique quand j'ai entendu des coups de feu. Après quoi, trois hommes en capuche sont sortis en courant. Le dernier tenait un pistolet à la main. Migué, celui qui joue au rugby, lui a fait un croc-en-jambe, et il est tombé à terre. Quand la police est arrivée, Migué avait réussi à le désarmer et il le maintenait cloué au sol avec son pied.

— Mais qui est-ce qu'ils ont tué ? voulut savoir Alexia, qui pensait avoir deviné.

— Un tout jeune homme. Ils l'ont abattu à l'intérieur du magasin. D'après le patron, il tenait son téléphone alors que les assaillants avaient ordonné à tous les clients de jeter les leurs à terre. Il ne leur a pas obéi, apparemment. Ce n'est pas le genre de choses à faire quand on est face à des gens comme ceux-là, surtout quand ils sont armés. Ma sœur a été victime d'un cambriolage, il y a un mois. Dieu merci, il ne lui est rien arrivé parce qu'elle n'a pas dit un mot et qu'elle les a laissés faire. Ils ont tout emporté, même le frigo ! Mais, au moins, elle a eu la vie sauve.

Un homme maigre, en costume cravate, passa la tête par la porte du magasin et Alexia devina qu'il s'agissait du commissaire.

— Mon ami, Fernando Módena, était dans la boutique, lui dit-elle en s'approchant. Je suis journaliste (elle lui montra sa carte de presse). Je veux juste savoir s'il va bien.

Le commissaire la regarda dans les yeux, examina sa carte, puis lui dit à voix basse :

— Je suis désolé, mademoiselle. Votre ami est mort. Il a été abattu d'une balle.

Alexia se sentit blêmir comme si elle allait perdre connaissance.

— Il est mort ? demanda-t-elle en se ressaisissant. Vous êtes sûr ?

— Oui, malheureusement. Mais il faut que vous sachiez que nous avons attrapé son assassin et que ses comparses n'iront pas loin. Ah, voilà l'ambulance.

L'ambulance freina dans un hurlement de sirènes, dispersant l'attroupement qui se reforma presque aussitôt. *Qu'y a-t-il de si fascinant dans la mort des autres* ? se demanda Alexia. *Qu'est-ce qui nous pousse à vouloir voir de nos yeux la souffrance et le drame ?*

Des infirmiers en blouse blanche entrèrent dans la supérette et en ressortirent quelques minutes plus tard avec un corps entièrement recouvert d'un drap sur une civière. Alexia s'approcha d'eux tandis qu'ils ouvraient les portes arrière de l'ambulance, et dit à l'infirmier le plus jeune :

— Je peux le voir ? S'il vous plaît. C'est mon ami. Il s'appelle Fernando.

L'autre homme en blanc était sur le point de la repousser, quand son jeune collègue souleva le coin du drap pour dévoiler le visage du mort.

Les yeux fermés, une expression légèrement surprise sur son visage auréolé de cheveux noirs et brillants, Fernando avait l'air endormi. Aucune douleur ni aucune peur ne se lisaient sur ses traits. C'était comme si le dernier instant de sa vie lui avait conféré un calme absolu, ineffable. Alexia se pencha et déposa un baiser sur ses lèvres.

Puis les infirmiers rabattirent le drap et chargèrent la civière dans le véhicule, qui s'éloigna en poussant une longue plainte comme celle d'un animal blessé.

Les patrons de la supérette s'expliquaient en vociférant avec le commissaire. Alexia entra sans que personne ne la remarque. Au fond du magasin, des boîtes de conserve gisaient pêle-mêle à terre au milieu d'une mare de sang. Le policier corpulent qui lui avait barré l'accès était à croupetons en train de prendre des mesures en soufflant sous l'effort. Absorbé par sa tâche, il ne remarqua pas qu'elle se baissait pour ramasser un téléphone qui dépassait discrètement de sous une gondole. Vite, elle le fourra dans la poche de sa veste.

— Qu'est-ce que vous faites ici ? s'enquit brusquement le policier en se relevant avec la grâce d'un éléphant.

— Rien. Je m'en vais, répondit Alexia.

Et elle s'esquiva sous le regard méfiant du flic.

De retour dans l'appartement, elle sortit le téléphone de son sac. Elle savait que c'était celui de Fernando. La coque, gravée d'un dragon, portait les initiales F. M. « Comme si j'étais une fréquence radio, en somme », avait blagué Fernando la première fois qu'elle avait vu l'étui.

Elle se rappela que Fernando lui avait donné son code pin. « À tout hasard », lui avait-il dit en riant. Elle l'alluma et vit qu'il y avait trois coups de fil récents, espacés de quelques secondes les uns des autres.

24

Des trois appels, Alexia ne reconnut que le premier, celui de Tute, « Le Monstre », comme l'appelait Fernando. Le second était d'un certain Ron Davies, un nom qui ne lui disait rien. Le troisième, précédé d'un préfixe international, provenait d'une dénommée Vicky Golden. Qui était-ce ?

Elle s'assit, le téléphone à la main, et tenta de rassembler ses esprits. Fernando, son Fernando adoré, qui était sur le point de célébrer le premier anniversaire de son diplôme de journalisme, Fernando, pour qui elle était en train de préparer son *sugo* des jours de fête, Fernando, son ami attachant et fidèle, avait cessé d'être. Physiquement, tout au moins, il n'était plus qu'un cadavre, un corps inerte relégué dans un de ces horribles tiroirs réfrigérés de la morgue. Mais elle savait que son âme serait toujours dans ses souvenirs, ses rêves et ses pensées, chaque jour et chaque nuit.

Pourquoi est-ce qu'elle ne pleurait pas ? Elle n'y arrivait pas. Mais elle ressentait une colère immense contre l'indifférence du monde, contre les voisins qui continuaient de vaquer à leurs occupations, qui riaient et bavardaient comme si rien ne s'était passé, contre le soleil et les nuages qui poursuivaient leur course dans le ciel, insensibles au bouleversement catastrophique que représentait pour elle la disparition de Fernando. Du haut-parleur d'un autoradio lui parvenait une chanson du groupe ABBA. « *Fernando... We were young and full of life and none of us prepared to die* », disaient les paroles : « Nous étions jeunes et pleins de vie et aucun de nous n'était prêt à mourir… »

Elle perdit la notion du temps. Une odeur persistante d'ail et d'oignon l'attira à la cuisine. Elle se souvint qu'elle était en train de préparer le *sugo* quand les sirènes s'étaient mises à hurler. *C'est comme si le temps s'*était arrêté e*t que rien ne s'*était passé, songea-t-elle. Elle mit les restes d'oignon et d'ail dans un sac plastique et les jeta à la poubelle. Elle déboucha une bouteille qu'elle trouva dans la réserve, puis se souvint qu'elle avait apporté du champagne que Fernando avait rangé dans le réfrigérateur. Il devait être à la température idéale pour arroser un événement qui ne serait jamais célébré. Et à cet instant précis, elle comprit que plus jamais elle ne pourrait boire de champagne, et se servit un verre de vin rouge qu'elle but d'un trait.

Quand elle était petite, elle était allée visiter un petit musée dédié à l'œuvre d'un poète oublié avec sa classe. Tandis qu'elle contemplait d'un œil distrait les vitrines poussiéreuses où étaient exposés les objets personnels et les livres de l'écrivain, Alexia avait remarqué un petit vieux aux yeux larmoyants, qui se tenait assis sur une chaise à côté de la porte d'entrée. « Qui est-ce ? », avait-elle demandé. Mais avant que la maîtresse ait pu lui répondre, le vieillard avait relevé la tête et déclaré : « Je suis la mémoire du poète. »

Et moi, je suis la mémoire de Fernando, songea Alexia. *Je vais appeler son père* : *il faut qu'il sache ce qui est arrivé, et c'est moi qui vais le lui annoncer.*

Le numéro de monsieur Módena, se trouvait sur une petite carte posée bien en évidence sur le bibus, avec la mention « EN CAS D'URGENCE ».

Une voix grave et sévère demanda sans préambule :

— Qui est à l'appareil ?

— Monsieur Módena ?

— Qui êtes-vous ?

— Vous ne me connaissez pas. Je m'appelle Alexia Calveiro. Je suis une amie de Fernando.

— Et que voulez-vous ?

La brusquerie du ton la laissa momentanément sans voix, puis elle se reprit et dit :

— J'étais avec lui ce matin et…

— Je suis au courant. Il est mort. Assassiné. La police m'a prévenu.

— Monsieur Módena, désolée. J'ignorais que la police vous avait… je voulais vous dire que… Est-ce qu'il serait possible que nous nous rencontrions ? S'il vous plaît. Il faut que je vous parle de Fernando.

— Pas maintenant, j'ai trop à faire. Rappelez-moi dans quelques jours.

— Je vous rappellerai la semaine prochaine. Je vous remercie. Toutes mes condoléances.

Comme elle raccrochait, Alexia réalisa qu'elle n'avait pas grand-chose à raconter au père de Fernando. Qu'aurait-elle pu lui dire ? Que Fernando avait obtenu son diplôme de journalisme il y avait tout juste un an ? Qu'il était sorti premier de sa promotion ? Qu'il était aimé de tous ses camarades ? Elle n'arrivait pas à se faire à l'idée de parler de lui au passé. Tout le monde *l'aimait*. Et surtout elle, Alexia.

Soudain, elle eut envie de comprendre ce qui s'était passé. Les faits étaient bien réels, implacables. Fernando était mort et elle se trouvait ici, dans son appartement, l'univers qui lui était familier. Mais cela n'était que le dernier chapitre d'une histoire à laquelle il manquait des pages, et elle éprouvait le besoin impérieux de reconstituer ces pages, d'aller au fond des choses.

Tu es journaliste, se dit-elle. Et les paroles du professeur Gutiérrez résonnèrent à ses oreilles comme s'il avait été ici même, avec elle, dans l'appartement de Fernando : « Apprenez à ruser, creusez, interrogez, vérifiez. Commencez par ce que vous savez, parlez avec les témoins, tirez vos propres conclusions. Ne négligez aucune piste. »

Alexia avait un ami dans la police, Ramiro, un gradé qu'elle avait rencontré lors d'une fête de quartier et qui avait essayé de la mettre dans son lit après un verre ou deux. Elle avait éclaté de rire, en prenant l'air offusqué, et avait refusé. Mais ils étaient restés amis. Elle allait lui parler et essayer d'obtenir, dans la mesure du possible, un entretien avec l'assassin de Fernando.

« L'assassin de Fernando ». Quand elle prononça ces paroles à voix haute, elle eut l'impression d'ânonner une réplique de film. Elle secoua la tête, comme pour chasser la présence d'un fantôme, et composa le numéro de la ligne directe de Ramiro. Il répondit à la première sonnerie.

25

Après avoir échangé les banalités d'usage, Alexia reprit son sérieux et raconta à Ramiro ce qui s'était passé. Bien que le quartier de Palermo Soho ait enregistré une augmentation des attaques à main armée, l'incident de la supérette était unique en son genre. Deux des malfaiteurs étaient en fuite, mais celui qui avait tiré était sous les verrous ; un gamin qui, sous ses airs bravache, n'en menait pas large. Il se trouvait effectivement en garde à vue dans les locaux du commissariat, confirma Ramiro. C'est alors qu'Alexia se lança, et lui demanda si elle pouvait lui parler.

— Impossible, répondit le policier sans détour. Il a été mis à l'isolement. Et même quand l'isolement sera levé, il ne décrochera pas un mot. Crois-en mon expérience, ça a beau être un gamin, il a déjà un casier judiciaire, et il connaît ses droits. Il va rester bouche cousue et n'acceptera de parler qu'en présence de son avocat.

Alexia resta un instant silencieuse, puis revint à la charge :

— Et, y aurait-il un témoin… avec qui je pourrais parler ?

À l'autre bout de la ligne, il lui sembla percevoir un soupir.

— Ttt-ttt, Alexia. Qu'est-ce que je ne ferais pas pour tes beaux yeux… Je ne suis pas censé divulguer ce genre d'information, mais… Il marqua une pause pour se donner le temps de réfléchir, puis : Si tu passes au commissariat, je pourrai peut-être te communiquer la déposition d'un témoin… le procureur me doit une faveur.

— Et je pourrais en avoir une copie ?

— Non, Alexia, je peux comprendre que tu passes un sale moment, mais étant donné que tu es journaliste, c'est hors de question. Je ne veux pas m'attirer d'ennuis.

— Je comprends, pardonne-moi. Je serai là dans une demi-heure.

Après s'être rafraîchi la figure et refait une beauté, elle prit le chemin du poste de police. Elle avait emporté le carnet dans lequel elle prenait ses notes, même si son ami policier ne l'autoriserait sûrement pas à sortir ne serait-ce qu'un stylo.

À peine eut-elle franchi le seuil que Ramiro accourut à sa rencontre. Il la salua avec effusion, sans oublier de lui présenter ses condoléances, puis la fit entrer dans son bureau. C'était une petite pièce garnie de meubles de classement et d'une table de travail couverte de dossiers et de tampons.

Ramiro l'invita à s'asseoir et proposa :

— Un café, avec ou sans sucre, c'est tout ce que j'ai à t'offrir.

Puis il lui tendit le dossier contenant la déposition d'un témoin.

— C'est la plus intéressante, commenta Ramiro, parce que la femme qui témoigne se trouvait dans la même allée que ton ami…

— Fernando, Fernando Módena, compléta Alexia tristement.

La déposition était succincte. Une page à peine avait suffi à la femme pour décrire l'attaque et la mort de Fernando :

Il était un peu plus de onze heures du matin, l'heure à laquelle je fais mes courses parce qu'il y a moins de monde. J'allais passer à la caisse quand trois hommes qui portaient des capuches sont entrés brusquement. L'un d'eux nous a crié de nous allonger par terre avec les mains derrière la tête et de jeter nos téléphones portables. Et puis il a braqué son pistolet sur le patron, paniqué, qui se tenait derrière la caisse enregistreuse. Le deuxième type nous tenait en joue avec son arme, pendant que le troisième a traversé le magasin, sûrement pour s'assurer que personne n'était caché au fond. À ce moment-là, un portable qui ne se trouvait pas dans la pile des téléphones que nous avions jetés à terre s'est mis à sonner. J'ai tourné autant que j'ai pu la tête, parce que le bruit provenait de l'allée dans laquelle j'étais allongée, et c'est alors que j'ai vu le jeune homme qui était toujours debout. Le troisième type a contourné la gondole, il l'a vu et l'a menacé de son arme. Il y avait une telle haine dans ses yeux que j'ai cru qu'il allait l'abattre sur le coup. Mais non... Il lui a crié de jeter son téléphone, en faisant un geste avec son arme, et juste au moment où le garçon allait obéir... son portable s'est remis à sonner et il l'a regardé, sans doute pour voir d'où venait l'appel, machinalement. Et c'est à ce moment-là que le coup est parti. J'ai vu le garçon tomber à terre... en lâchant son téléphone. Et c'est tout.

Une heure plus tard, ayant relu plusieurs fois la déposition, Alexia ressortit du commissariat en promettant à Ramiro de dîner avec lui un de ces quatre.

De retour dans le loft de Fernando, son sac et ses clés toujours à la main, elle se laissa choir sur une chaise en se répétant mentalement les derniers mots de la déposition : « Et c'est tout. »

26

« Et c'est tout. » Ils l'avaient tué parce qu'il n'avait pas lâché son téléphone à temps, parce qu'il avait voulu savoir qui l'appelait, parce que l'assassin s'était levé du mauvais pied ce matin-là, parce que… parce qu'avec cette arme à la main, l'assassin se sentait, comme Dieu, le droit de vie ou de mort sur son prochain, et qu'il l'avait abattu.

Le soir commençait à tomber, mais Alexia était incapable de penser à autre chose qu'à la déposition qu'elle avait lue au commissariat. Soudain, le téléphone de Fernando se mit à sonner. Il lui fallut un petit moment avant de l'extirper de son sac à main, et quand elle décrocha enfin, une voix jeune et un tantinet espiègle retentit dans l'appareil :

— Ne me dis pas que tu dors encore à cette heure-ci ? Ou pire ? Il doit être pas loin de dix-huit heures à Buenos Aires, ou je me trompe ?

— Tute ? demanda Alexia.

— Oui. Mais qui est à l'appareil ?

— Alexia. Tu te souviens de moi ? L'amie de Fernando.

— Ah, mais oui, bien sûr, sa copine journaliste. Fernando est là ?

— Tute, où es-tu ?

— Je suis à Londres, dit-il avant de demander à nouveau : Fernando est là ?

Alexia rassembla toutes ses forces, et lui raconta ce qui était arrivé.

— Non, ce n'est pas possible ! Fernando est mort ? Abattu d'une balle ? Et aujourd'hui, en plus ?! demanda Tute après un long silence et en insistant sur ces derniers mots, comme restés en suspens dans l'espace inexorable qui sépare la volonté de l'homme de son destin.

Lentement, telle une maîtresse d'école s'adressant à un élève mal réveillé, Alexia relata pas à pas le déroulé des événements. Un sanglot lui parvint depuis l'autre bout de la ligne. Pour ne pas céder elle aussi aux larmes, elle dit :

— Et maintenant, je suis dans son appartement. Je vais rassembler ses affaires… et les rapporter à son père, j'imagine.

— L'ingénieur ? Ils ne se parlaient plus depuis un bail.

— Je sais. Mais c'est ce qui se fait dans ces cas-là, non ? Tute, est-ce que tu sais comment je peux joindre l'ami de Fernando qui lui a prêté son appartement ?

— Ruben ? Je m'en occupe. Il est ici, à Londres. Je l'ai vu il y a quelques jours. Je vais aller le trouver et lui expliquer la situation. Il va être anéanti. Il aimait beaucoup Fernando.

— On l'aimait tous. Toi aussi.

— Moi aussi. Je l'appelais justement pour lui dire combien je l'aimais et combien il me manquait. Et lui annoncer que j'avais décidé de rentrer et de vivre avec lui.

Tute éclata en sanglots.

Alexia ne savait que dire, ni comment le consoler. Elle attendit, espérant qu'il allait parler de nouveau, mais la communication se coupa.

Elle alla se servir un verre de vin, l'emporta dans la chambre et commença à vider les placards, les tiroirs et les étagères, et à empiler les affaires, comme si cela pouvait l'aider à mettre de l'ordre dans le chaos qu'elle ressentait intérieurement. Quand elle regarda la pendule, il était dix heures passé.

Dehors, des bandes de jeunes commençaient à célébrer joyeusement la fin de semaine.

27

Alexia passa la nuit chez Fernando. Ce n'était pas un choix délibéré. Simplement, vers deux heures du matin, sentant ses joues lui cuire comme si elle avait eu de la fièvre, elle avait posé la tête sur l'oreiller, et retrouvé la senteur de la peau de Fernando, combinée à celle de son parfum. « Tu sens le cèdre et la cannelle », lui avait-elle dit un jour. Et c'était vrai.

Enveloppée dans le souvenir que faisait naître cette odeur si familière, elle rêva qu'elle se trouvait dans une longue avenue obscure. Fernando, qui marchait loin devant, se retournait en riant pour lui faire signe de le rejoindre. Elle l'appelait, mais il continuait d'avancer à grands pas vers une sorte de point lumineux sur l'horizon.

Les immeubles, les arbres, et les réverbères se succédaient à l'infini, et Alexia finit par s'arrêter, réalisant qu'elle ne pourrait jamais le rattraper. Elle entendit le tintement sourd et régulier d'une cloche. Elle se réveilla. C'était le téléphone de Fernando qui s'était mis à sonner.

Elle entrouvrit péniblement les paupières et réalisa que la lumière du jour entrait à flots par la baie vitrée. Elle saisit le portable et décrocha. Une voix féminine prononça le nom de Fernando.

Plus tard, beaucoup plus tard, Alexia songerait que le téléphone de Fernando, qui ne la quittait pas depuis qu'elle l'avait récupéré dans la supérette, était comme un double fantasmatique du défunt, une incarnation de sa mémoire, de sa voix – enregistrée sur la boîte vocale – mais aussi de la main qui l'avait si souvent tenu. On ne comptait plus les articles de journaux qui dénonçaient les dangers liés à l'utilisation de ce petit appareil, minuscule talisman capable de dérober l'identité de son utilisateur qui, comme dans les histoires d'horreur, se retrouve possédé par un esprit du mal. À ceci près que cet esprit-ci n'était pas malfaisant dès lors qu'il gardait en mémoire le souvenir de Fernando, de sa voix et de ses habitudes, et qu'il allait aider Alexia à pousser plus avant ses investigations et à reconstituer les dernières pages de l'histoire de sa vie.

S'obligeant à se concentrer, elle demanda qui était à l'appareil.

— Je suis une amie de Fernando, répondit la voix avec un accent étranger. Il faut que je lui parle.

— Je suis désolée, dit Alexia, qui répugnait à se lancer encore une fois dans des explications sordides. Ce n'est pas possible… Fernando a eu un accident.

— Un accident ? Ce n'est pas grave au moins ?

Alexia ne répondit pas.

— Puis-je savoir qui vous êtes ? demanda la voix.

— Je suis Alexia, une amie de Fernando. Et vous ?

— Je m'appelle Vicky. Vicky Golden. Je suis américaine, mais je vis à Los Cabos, au Mexique. Il faut que je parle à Fernando. J'ai quelque chose d'important à lui dire.

Alexia se redressa et jeta un coup d'œil au réveil. Il était huit heures du matin. Sur la petite table de nuit reposait le verre qu'elle avait laissé la veille et qui contenait encore un peu de vin. Elle le vida d'un trait et se sentit soudain plus alerte.

— Vicky, je ne te connais pas, mais je sais que tu as appelé Fernando hier matin. Je te promets que tu peux me faire confiance et me dire ce qui t'amène.

— C'est au sujet de Michael. Il t'a parlé de Michael ?

— En fait, non. Je ne me souviens pas qu'il ait mentionné ce nom.

— Michael était mon compagnon. Ici, à Los Cabos. Fernando et lui sont devenus très amis.

— À Los Cabos ? Mais qu'est-ce que Fernando faisait là-bas ?

— Tu es sûre que tu es son amie ? Tu ne savais pas qu'il était allé là-bas ?

— Non, ça faisait un bout de temps qu'on ne s'était pas vus. Mais, s'il te plaît, dis-moi ce que Fernando était allé faire au Mexique.

— Je ne le sais pas vraiment. On a fait sa connaissance, Michael, moi et toute la bande, et j'ai toujours eu le sentiment que je pouvais parler de tout avec Fernando. Y compris des sujets les plus sensibles.

— Oui, il était… je veux dire, il est comme ça.

Vicky fit une pause, comme si elle se demandait si elle pouvait se confier à cette inconnue dont elle ne pouvait pas voir les traits, puis reprit :

— Fernando est rentré en Argentine aussitôt après l'accident de Michael…

L'instinct de journaliste d'Alexia se mit aussitôt sur le qui-vive.

— Quel accident ? demanda-t-elle.

— Michael est mort d'une overdose. Fernando avait réussi à le persuader d'arrêter de se shooter, et je crois bien que Michael était prêt. En fait, je crois qu'il a voulu tenter une dernière expérience.

— Et Fernando, il a touché à la drogue ?

— Fernando ? Bien sûr que non ! La seule chose qu'il voulait, c'était que Michael arrête, qu'il change de vie, qu'il rentre en Argentine pour parler avec son père.

— Je vois. Tout cela est un peu embrouillé. Qui est le père de Michael ?

— Un millionnaire du nom de Ron Davies.

Alexia se rappela avoir vu ce nom parmi les contacts de Fernando.

— Il n'est jamais venu voir Michael, je ne suis même pas sûre qu'il savait où il était. Et j'ignore pourquoi ils se sont fâchés, mais Michael disait que son père était son exact opposé, et que jamais ils ne parviendraient à s'entendre. Michael aimait la nature, l'océan…

Alexia sentit que la voix de Vicky s'étrécissait, se perdait.

— Vicky, le numéro qui s'affiche, c'est ton numéro perso ? Je peux te rappeler ? Je dois d'abord éclaircir un ou deux points.

— Oui, c'est mon numéro. Ici, on n'utilise pas beaucoup nos portables, mais je vais laisser le mien allumé. S'il te plaît, rappelle-moi dès que tu le pourras.

— Je te le promets, dit Alexia, puis elle raccrocha.

Après une douche bien chaude, elle s'essuya avec le drap de bain à rayures qu'elle avait elle-même offert à Fernando quelques années plus tôt, pour Noël. « Pour que tu puisses frimer à la plage », lui avait-elle dit.

Elle entreprit d'arroser les plantes que Ruben avait confiées à Fernando pendant son absence. « Je suis le baby-sitter de ses jeunes pousses », riait-il quand Alexia passait le prendre et qu'il n'avait pas fini de donner à boire aux « petits chéris ».

Elle s'assit ensuite et passa deux coups de fil. Après plusieurs tentatives, elle réussit à joindre le professeur Gutiérrez et ils convinrent de se retrouver à La Biela[1].

— Je peux t'accorder quelques minutes, lui dit le professeur. J'espère que tout va bien. Parce qu'avec toi, Alexia, on n'est jamais sûr de rien.

Assise derrière la vitre de La Biela, Alexia essayait de se concentrer sur l'énorme caoutchouc qui poussait sur la place et qui lui faisait penser à un vieux sage fermement enraciné dans la terre d'un pays encore trop jeune pour comprendre ce qu'il avait à lui enseigner.

1. Restaurant réputé de Buenos Aires.

Quand Gutiérrez arriva, Alexia fit encore une fois le récit des événements. Le professeur l'écouta sans mot dire et avec une tristesse sincère.

— Et maintenant, tu veux rencontrer ce Ron Davies, lui raconter ce que Vicky t'a dit au sujet de son fils Michael et lui demander pourquoi il a cherché à joindre Fernando ? Tu savais que Fernando était censé écrire un article sur ce mystérieux personnage ? Je ne suis pas étonné qu'il ait réussi à retrouver sa trace, il avait un instinct de limier.

« Il avait… » La gorge d'Alexia se serra en entendant ce verbe conjugué au passé.

— Si j'étais toi, je l'appellerais et je lui raconterais tout, sans mentionner le fait que Fernando était en train d'écrire un article sur lui. Nous ne savons pas ce qu'il lui a dit, et quand il découvrira que tu es journaliste, il risque fort de te claquer la porte au nez. Mais parle avec lui. En tant qu'amie de Fernando. Et rapporte-lui ce que t'a dit cette Vicky.

28

Alexia passa les jours suivants à ranger les affaires de Fernando dans des boîtes. Chaque bibelot, chaque chemise, chaque livre réveillait en elle un tourbillon sans fin de souvenirs. Parallèlement, elle avait endossé son rôle de journaliste, et passé au crible toutes les informations concernant Ron Davies, son fils Michael et la mystérieuse Vicky Golden. Enfin, elle avait étudié avec soin le dossier que Fernando avait rapporté du Mexique et le carnet dans lequel il prenait ses notes.

Après quoi, elle interrogea Internet et fut, comme toujours, stupéfaite par la quantité d'informations qu'il était possible de glaner sur la toile. Quelques heures seulement lui suffirent pour trouver la biographie de Ron Davies, l'histoire de son entreprise, le désastre écologique qu'il avait occasionné, ses dernières déclarations publiques, ainsi que les innombrables théories relatives à sa disparition de la sphère publique.

Concernant Michael, elle n'avait pas pu récolter grand-chose hormis quelques photos prises il y avait déjà quelques années, où on le voyait en train de poser avec son surf ou faisant la fête avec des copains. De Vicky, elle n'avait réussi à glaner que deux ou trois clichés – un visage jeune et si candide qu'elle en fut bouleversée. En revanche, son père, le rabbin Yzak Golden de Memphis, était cité dans de nombreux articles. Très estimé de sa congrégation, il était réputé pour sa grande sagesse et sa stricte observance des règles religieuses. Avec un père comme celui-là, songea Alexia, il n'avait pas dû être facile pour Vicky d'adopter un mode de vie moderne dans un lieu tel que Los Cabos.

Elle était en train de se préparer quelque chose à grignoter quand le téléphone sonna.

Alexia reconnut immédiatement la voix de monsieur Módena, qui lui dit qu'il avait réussi à se libérer et qu'il pouvait la rencontrer le jour même.

Cachée derrière une grande haie de bougainvilliers, la maison de l'ingénieur se trouvait dans le quartier de San Isidro. Le portail électrique blindé s'ouvrit, et elle aperçut un vigile armé qui l'observait depuis sa guérite. Puis une femme de chambre en uniforme la fit entrer et la mena à travers salons et corridors jusqu'à une pièce tapissée de rayonnages qui ne pouvait être que le bureau de monsieur Módena. Sur le bureau trônaient un trophée à côté d'un drapeau italien, ainsi que le buste d'un homme au nez proéminent et sévère qu'Alexia ne put identifier. La femme de chambre la laissa seule et elle put contempler à loisir les tableaux gigantesques représentant des scènes de l'histoire romaine. Il y avait aussi les portraits d'un homme et d'une femme, posant en habits de soirée.

— Vous vous intéressez à la peinture ? demanda la voix de Módena derrière son dos.

Alexia se retourna pour le regarder, et reconnut l'homme du portrait.

Distingué, des cheveux gris légèrement gominés, une moustache taillée en brosse, il arborait un costume gris croisé et une cravate en soie jaune. Une pochette de la même couleur dépassait discrètement de la poche de sa poitrine. Rien dans sa façon de s'habiller ne laissait deviner le deuil, songea Alexia. On l'aurait dit tout droit sorti du magazine *Vogue hommes*.

— Pas vraiment, répondit-elle.

— Moi non plus. Ces tableaux ne m'intéressent que dans la mesure où ils contiennent des détails architecturaux. Le peintre devait être un expert, car il n'y a pas une seule erreur de construction, contre-poids ou autre…

Módena lui indiqua un fauteuil en cuir et prit place face à elle. Après lui avoir offert un rafraîchissement, qu'Alexia refusa, il lui dit :

— Et maintenant, racontez-moi tout.

Une fois de plus, Alexia relata en détail le déroulé des événements, comme si elle l'avait appris par cœur. À la première version, Alexia avait rajouté quelques détails : la déposition du témoin, certaines paroles du professeur Gutiérrez, la petite célébration chez Fernando.

— Je dois donc en conclure que Fernando n'avait pas renoncé à sa lubie de devenir journaliste.

— Ce n'était pas une lubie, monsieur Módena. Il a travaillé dur pour avoir son diplôme. Et il a été reçu premier de sa promotion. Nous admirions tous son talent.

— Son talent de journaliste ? Bien. Et ensuite ?

Alexia lui brossa un portrait de Fernando le plus fidèle possible : un garçon sans une once de méchanceté, à la curiosité sans fin, et aimé de tous.

Monsieur Módena se leva et s'approcha du mur du fond. Le tableau de la belle femme brune vêtue de tulle, avec une fleur à la main, présidait le bureau de l'ingénieur. C'était un portrait des plus conventionnels, comme ceux que les familles fortunées commandent à des artistes à la mode. Mais ni la touche convenue du peintre, ni la pose théâtrale de la femme ne diminuaient son extraordinaire présence. Ses yeux étincelants, ses joues légèrement rebondies, tout en elle respirait la joie de vivre et c'est à peine si le cadre parvenait à contenir son énergie débordante.

— C'est Laura, ma femme. Elle est décédée quand Fernando était tout jeune. Un cancer qui l'a emportée en quelques jours, Dieu soit loué, car elle n'était pas faite pour la souffrance. Fernando lui ressemble… lui ressemblait beaucoup.

— Oui. La même chevelure noire, les mêmes yeux, le même sourire.

L'ingénieur se rassit, puis posa sur Alexia un regard sévère.

— Vous étiez sa fiancée ?

Alexia resta un instant sans voix, ne sachant que dire.

— Non, répondit-elle. Fernando et moi étions simplement amis. Fernando a eu un compagnon pendant un certain temps, mais ils étaient séparés depuis quelques mois.

Monsieur Módena haussa les sourcils.

— Un compagnon ? Vous voulez dire un homme ?

— Oui, monsieur. Vous ne saviez pas que Fernando était gay ?

Il y eut un long silence pénible. Pas un son ne filtrait dans le bureau rempli de livres et de tableaux. Alexia n'entendait que le bruissement régulier de sa propre respiration. Elle tourna les yeux vers le tableau de la mère de Fernando, qui continuait de sourire, imperturbable.

— Gay ? répéta Módena, comme s'il s'agissait d'un mot inconvenant. Gay ? Qu'est-ce que cela signifie ?

— Homosexuel. Fernando aime les hommes.

— Autrement dit, un pervers. Vous êtes en train de me dire que mon fils était un pervers.

— Monsieur Módena. Fernando était la personne la plus loyale, généreuse et…

— Un pervers. Vous l'avez dit. En voilà assez.

— Monsieur Módena, vous ne comprenez pas…

— Je comprends parfaitement. Mon fils unique était un inverti. Jamais il ne m'obéissait, il n'en faisait qu'à sa tête. Et il est mort assassiné, comme meurent les pervers.

— S'il vous plaît, monsieur, ne dites pas cela.

— Je dis ce que je veux ! L'ingénieur se leva de son fauteuil. Et maintenant, allez-vous-en, ordonna-t-il.

Il avait dû presser un bouton quelconque car la femme de chambre apparut aussitôt.

— Mirta, veuillez raccompagner cette demoiselle.

— Monsieur Módena, les affaires de Fernando… vous ne voulez pas… ?

— Non. Je ne veux rien de lui. Et s'il vous plaît, ne revenez plus ici.

Sur ces mots, Módena sortit de son bureau, laissant Alexia aux soins de Mirta.

Une fois dehors, le regard du vigile la suivit jusqu'à ce qu'elle ait tourné au coin de la rue. Les bougainvilliers de la propriété avaient tellement poussé qu'ils recouvraient le mur mitoyen, menaçant d'envahir les jardins voisins.

29

Alexia entra dans un bar de Palermo Soho Palermo et commanda une bière et une salade. Incapable de se concentrer, elle se mit à observer les gens qui passaient dans la rue. Des femmes, des hommes, des enfants et des chiens, une marée vivante, colorée, sortie profiter du soleil de printemps qui, à Buenos Aires, avait déjà un parfum d'été. Des pétales mauves de jacarandas parsemaient les tables de la terrasse.

Depuis l'enfance, Alexia adorait cette profusion de petites de fleurs qui envahissaient la ville tels les étendards colorés d'un conquérant pacifique. « C'est si beau ! avait dit un jour Fernando. C'est un cadeau de la déesse Fortuna. » C'était par un après-midi de novembre comme celui-là, dans le même café, et peut-être à la même table.

À la radio, on annonçait la venue de Paul McCartney en Argentine pour un concert unique au stade River. Elle songea que Fernando aurait aimé aller écouter cet artiste de l'époque de son père, et pourtant si différent du très collet monté monsieur Módena. Qu'est-ce qui faisait que certaines personnes adoptaient une attitude morale plutôt qu'une autre ? Qu'est-ce qui avait fait de Paul McCartney un chantre de l'amour et de la vie, et de monsieur Módena un homme rétif à tout changement, conservateur et intolérant ? Les parents d'Alexia étaient des descendants de Galiciens paisibles, qui étaient venus en Argentine pour fuir les horreurs de la guerre civile espagnole et s'étaient installés dans une petite maison des faubourgs. Après quoi, quand le négoce du grand-père avait commencé à prospérer, ils avaient ouvert une supérette à Chacarita. Alexia n'avait pas connu cette supérette : après la mort de ses grands-parents, ses parents l'avaient revendue et s'étaient établis dans le quartier de Belgrano, ainsi qu'il convenait à un comptable qui gagnait bien sa vie, comme Jesús Calveiro. C'est à Belgrano, avec ses arbres immenses et ses maisons cossues, qu'Alexia avait vécu, avant que les gratte-ciel sans charme n'envahissent tout l'espace. Avait-elle été heureuse ? Oui, sans aucun doute, grâce à ses parents, qui ne l'avaient ni gâtée ni bridée, simplement protégée et aimée, tels les murs de pierre d'un jardin bien soigné. Elle réalisa qu'elle ne leur avait jamais dit combien elle leur en était reconnaissante. Et maintenant, il était trop tard.

Soudain, elle repensa à Vicky, qu'elle avait promis de rappeler. Deux jours seulement avaient passé, mais elle avait le sentiment que la jeune femme, qui se trouvait à l'autre bout du continent et qui semblait à la fois si triste et si désireuse de parler avec Fernando, devait être sur des charbons ardents.

Elle l'appela, sans succès, puis se souvint que Vicky lui avait dit qu'ils se servaient rarement du téléphone à Los Cabos, préférant profiter de la plage et du soleil. Après plusieurs tentatives, elle décida de lui laisser un message : elle la rappellerait dans un jour ou deux. Peut-être que le sable chaud et l'air marin l'aideraient à atténuer ses angoisses.

Alexia finit son repas – était-ce son déjeuner ou son dîner ? – puis décida qu'il était temps de rentrer et d'appeler Ron Davies. Sauf qu'une fois dans l'appartement, elle réalisa qu'elle ne savait pas ce qu'elle allait lui dire. Mis à part ce que lui avaient dit le professeur Gutiérrez et le grand oracle du Web, elle ne savait rien de lui ou de son fils qui, selon Vicky, était mort dans des circonstances troubles et tragiques. De plus, elle ignorait la nature de la relation de Fernando avec Davies : s'il l'avait accueilli chez lui en tant que journaliste (ce qui était peu probable) ou en tant qu'ami de son fils, ou autre.

Elle appela le numéro affiché à l'écran et attendit. Presque aussitôt, la voix d'un homme mûr résonna à l'autre bout de la ligne. Le ton était posé, aimable et chaleureux. Alexia se prit aussitôt de sympathie pour l'homme.

— Oui ?

— Monsieur Ron Davies ?

— Qui est à l'appareil ?

Une fois de plus, Alexia se présenta comme « une amie de Fernando ». Fernando était le corps céleste autour duquel tout gravitait ; Fernando, un soleil effondré, tel un trou noir dans l'univers ; Fernando, celui par qui Alexia, son amie, se définissait et avait été désignée pour composer son élégie.

— Fernando est avec vous ?

— Monsieur Davies, Fernando est mort. Un terrible accident. J'ignore si vous étiez proches ou non, mais je suis navrée de devoir vous l'annoncer de façon aussi abrupte.

Un long et profond silence s'installa sur la ligne. Alexia eut l'impression d'entendre un sanglot réprimé et se retint de dire quoi que ce soit. D'une voix légèrement tremblante, Davies reprit :

— Mademoiselle Alexia, vous êtes à Buenos Aires ?

— Oui. À Buenos Aires, dans l'appartement de Fernando. J'ai vu que vous aviez essayé de le joindre. Je me sers de son téléphone. Je ne sais pas si…

— Vous ne le savez peut-être pas, mais j'avais chargé Fernando d'accomplir une mission pour moi. Un travail d'investigation en quelque sorte. Je lui avais demandé de retrouver mon fils Michael. Et il a réussi à le localiser, mais trop tard, même si ce n'était pas de sa faute. Car je sais qu'il a fait tout ce qu'il a pu. Je ne l'ai pas beaucoup connu, mais j'ai tout de suite vu que c'était un garçon foncièrement honnête et consciencieux. Et je l'ai pris en affection.

— Tout le monde l'aimait, monsieur Davies.

— Ça ne m'étonne pas. La dernière fois qu'il est venu ici, c'est pour me raconter ce qui était arrivé à mon fils. Ça a été un moment très dur pour moi, mais aussi pour lui, qui a fait l'impossible pour éviter que le pire se produise. Avant de partir, il a oublié de me laisser le dossier avec toutes ses notes, les photos qu'il avait prises de Michael, et son rapport d'enquête… Sur le coup, ça ne m'a pas paru important, parce que nous avions prévu de nous revoir, et c'est précisément pour cela que je l'ai appelé, pour planifier un rendez-vous chez moi…

La voix de Ron se brisa à nouveau, l'obligeant à s'interrompre quelques instants.

— Je vais chercher le dossier en question, dit Alexia, feignant de ne pas savoir de quoi il retournait. Et si je le retrouve, je vous l'enverrai sans faute.

Ron fit une pause, comme pour réfléchir, puis proposa :

— Mademoiselle Alexia, seriez-vous prête à faire confiance à un parfait inconnu et à venir jusqu'ici ? Je vis en Patagonie. Je sais que je vous demande une grande faveur, mais j'aimerais entendre de vive voix ce qui est arrivé à Fernando. Par téléphone, ce n'est pas la même chose. S'il vous plaît, mademoiselle.

— Monsieur Davies, je n'ai pas les moyens de me rendre en Patagonie. Et puis j'ai un travail, mentit Alexia, et des obligations…

— Je comprends. Mais je m'engage à prendre en charge vos frais de voyage. Et ma maison est grande. Vous n'aurez pas un sou à débourser. Et je vous verserai des dédommagements pour le manque à gagner. Il fit une pause, puis répéta : S'il vous plaît.

Elle ne sut jamais vraiment pourquoi, après cette étrange conversation, elle accepta la proposition de Ron Davies. Peut-être était-ce son ton suppliant, la sincérité de sa voix. « Un journaliste doit être capable de déceler la sincérité de son interlocuteur, leur avait dit une fois le professeur Gutiérrez. Comme une pie sait repérer un diamant dans un monceau de détritus. Entraînez-vous à cela. Ce sera votre meilleur atout. »

Deux jours plus tard, ayant réuni les photos et les notes de Fernando, Alexia prévint ses parents qu'elle se rendait en Patagonie. En se présentant au comptoir d'embarquement, elle réalisa qu'elle allait voyager en classe affaires. À l'évidence, monsieur Davies n'était pas quelqu'un qui regardait à la dépense.

30

À l'aéroport de Bariloche, un homme coiffé d'une casquette à carreaux se présenta comme « Tulio, le chauffeur de monsieur Ron ». La cinquantaine environ, la peau tannée par le soleil et le vent, une grande moustache noire, en pantalon ample et poncho de gaucho, on aurait dit un de ces personnages qui font la promotion d'un site touristique. Sauf que cet homme-là avait l'air on ne peut plus authentique. *C'est étrange,* songea Alexia, *comme tout ce qui se situe en dehors de notre cadre de référence, y compris les choses les plus authentiques, nous donne l'impression d'*être *factice. Nous percevons les autres, non pas dans leur réalité, mais comme s'ils étaient le fruit de nos fantasmes.*

La quatre roues motrices Brabus de Ron Davies, conduite de main de maître par Tulio, fit forte impression sur Alexia. Jamais elle n'était montée dans une voiture comme celle-là, tout en cuir et boiseries, et voir défiler le paysage de Patagonie depuis un véhicule aussi luxueux avait quelque chose d'irréel. Elle pensa à son père, grand amateur de voitures, qui pour rien au monde n'aurait manqué le salon de l'automobile qui se tenait chaque année à l'hippodrome de San Isidro.

Ils longèrent des routes asphaltées, puis des sentiers de plus en plus tortueux, et quand Tulio s'arrêta enfin devant la maison de Davies, il se tourna vers Alexia, et déclara fièrement :

— Regardez-moi cette merveille, mademoiselle ! Un vrai petit château, mais qui ne cache pas la vue des arbres. Au contraire, même : les baies vitrées reflètent le ciel et les nuages et, du coup, agrandissent le paysage. Monsieur Davies respecte trop la nature pour la faire disparaître derrière un mur.

Alexia descendit de voiture et prit le temps d'observer attentivement la maison. C'était un ensemble de constructions de forme triangulaire, certaines grises comme l'ardoise, d'autres transparentes et bleues. Les arbres, cyprès et hêtres de la Terre de feu, environnants faisaient corps avec la bâtisse, comme si celle-ci n'était qu'un élément comme un autre de cette nature immense et sobre. Au-dessus des toits, des galaxies de nuages formaient des volutes que traversait de temps à autre un oiseau solitaire.

Fernando a vu tout cela, se dit Alexia. *Qu'en a-t-il pensé ? Qu'a-t-il ressenti ? De la joie sûrement. De la paix aussi, peut-être, et de la sérénité.*

Tulio s'était approché de l'entrée, en tirant derrière lui la petite valise à roulettes d'Alexia. Sur le seuil se tenait une femme vêtue d'un impeccable uniforme noir et blanc. Ses grands yeux noirs brillaient au-dessus de ses pommettes cuivrées, et ses cheveux étaient enroulés en chignon sur sa nuque. Alexia se rappela l'image d'une drôle de petite sorcière que Fernando lui avait montrée une fois dans un livre pour enfants, un jour qu'ils cherchaient des idées de déguisements pour le carnaval. Elle s'était déguisée en sorcière (« Mais gentille, hein ! ») et Fernando en Tom Pouce (« Tu ressembles à Peter Pan, lui avait fait remarquer Ruben, un Peter Pan monté en graine et plutôt sexy »). Alexia se souvenait de ces moments avec Fernando comme si elle avait feuilleté un album de photos au hasard, sans se soucier des dates.

La femme vint à sa rencontre en souriant, escortée d'un grand chien de berger, qui flaira la main d'Alexia puis la lécha.

— Bienvenue, mademoiselle. Vous êtes une amie de Fernando, c'est bien ça ? Je m'appelle Aurora. Et lui, c'est Sancho. Entrez, entrez donc.

La femme la mena dans le grand salon dont la baie vitrée donnait sur les cimes déchiquetées du Serrucho[1]. Comme il faisait un temps splendide, presque estival, la cheminée, avec sa réserve de bûches et de petit bois, n'avait pas été allumée. De gros lupins, des branches de prunier et des genêts débordaient en cascades colorées de deux énormes jarres de terre cuite. Tout dans cette maison était accueillant. Alexia ressentit une bouffée d'euphorie, mais presque aussitôt la culpabilité l'assaillit. Fernando était mort.

— Je vais prévenir monsieur que vous êtes arrivée, dit Aurora.

1. Massif montagneux de Patagonie.

Mais au même instant, Ron Davies entra dans le séjour.

La première chose qu'Alexia remarqua était ses yeux gris et d'une tristesse infinie, malgré tout profondément alertes. Ses traits étaient accusés et d'une sévérité qui dénotait la détermination et l'opiniâtreté, mais sans la moindre cruauté ou violence. Le visage de Ron Davies rappela à Alexia le buste d'un empereur romain qu'elle avait vu une fois dans un musée.

Il s'approcha et ils échangèrent une poignée de main dont le formalisme détonait avec l'atmosphère chaleureuse des lieux. Alexia aurait préféré le serrer dans ses bras, mais elle ne le fit pas, naturellement.

Aurora apporta un plateau avec des sandwiches, des fruits, de l'eau et du vin, et lui demanda si elle préférait un thé ou un café. Alexia la remercia et prit un verre d'eau et du raisin, tandis que Ron Davies prenait un café.

— Tulio m'a dit que vous avez eu un vol un peu agité. Cela arrive parfois. À cause des vents qui descendent de la Cordillère et qui prennent de la vitesse en arrivant dans la plaine. J'espère que vous n'avez pas eu la nausée.

— Un petit peu. Mais rien de méchant. Quelle magnifique propriété vous avez !

— Oui, je l'aime énormément. On s'attache aux lieux comme on s'attache aux gens, quand vous savez que vous pouvez leur faire confiance, qu'ils vous accepteront et vous protégeront.

— À condition de trouver les bons.

— Vous voulez parler des lieux ? Oui, naturellement. Mais bien souvent, c'est un mélange de volonté et de chance qui vous permet de trouver le lieu idoine. Et cela vaut aussi pour les personnes.

Ron Davies sourit et Alexia remarqua que ses yeux se plissaient aux coins, formant comme de minuscules éventails de rides qui conféraient à son visage sévère quelque chose d'étrangement séduisant.

— Si vous vous en sentez la force, s'il vous plaît, racontez-moi ce qui s'est passé.

Alexia sortit le dossier et le calepin de Fernando de son sac, ainsi que les photos.

Ron Davies posa une main sur la sienne.

— Non, attendez. Laissons cela de côté pour l'instant. Je préfère que vous me racontiez d'abord. Ensuite, nous parcourrons ensemble les notes.

Alexia commença par lui expliquer comment elle avait fait la connaissance de Fernando à la faculté – sans omettre qu'ils étaient tous les deux étudiants en journalisme – et comment ils s'étaient tout de suite liés d'une sincère amitié. Elle lui expliqua également qu'il y avait plusieurs mois qu'ils ne s'étaient pas vus, car elle était en Équateur pour son travail, mais qu'à son retour, elle était aussitôt allée le voir, en cette matinée fatidique.

Arrivée à ce point, Alexia marqua une pause, et remarqua que Ron Davies l'observait. Et sous son regard bienveillant, elle se sentit gagnée par un immense apaisement, comme si elle était assise au bord des eaux calmes d'un lac.

— Je m'étais mis en tête de lui préparer un bon repas pour fêter nos retrouvailles, mentit-elle, un peu honteuse. Je suis allée sonner chez lui, et… la vérité, c'est qu'il ne m'attendait pas. Mais il était tout de même heureux de me voir. Et sans même que nous ayons pris le temps de nous asseoir et de nous raconter nos vies, je l'ai envoyé à l'épicerie acheter deux ou trois choses dont j'avais besoin pour faire la cuisine. Et c'est là que tout est arrivé. Les malfaiteurs qui ont attaqué la supérette lui ont tiré dessus. Il serait arrivé dix minutes avant ou dix minutes après, il ne lui serait rien arrivé. Fernando serait revenu à la maison avec les courses, et nous aurions ouvert la bouteille de champagne que j'avais apportée et mangé le gâteau…

Alexia sentit les larmes lui monter aux yeux et, pour la première fois depuis la mort de Fernando, elle se mit à pleurer à gros sanglots rauques, comme une gamine. Ron s'approcha d'elle et la serra dans ses bras. Et Alexia enfouit son visage mouillé de larmes dans son épaule. Ils restèrent ainsi pendant un long moment. Puis elle se redressa, sécha ses joues d'un revers de main et regarda Ron dans les yeux.

— Excusez-moi, c'est que…

— Ne vous excusez pas, lui dit Ron en sortant un mouchoir de sa poche et en le lui tendant. Aurora va vous montrer votre chambre. Vous allez vous rafraîchir et ensuite nous reprendrons notre conversation. Nous irons faire un tour. L'air frais vous fera du bien.

La gentille sorcière Aurora apparut comme par magie à ses côtés et la mena jusqu'à sa chambre. Après s'être lavé la figure et donné un coup de peigne (Alexia n'aimait pas se maquiller), elle revint dans le salon où Ron l'attendait.

Ils sortirent et longèrent le sentier qui menait à la rivière. Alexia marchait à côté de Ron, aussi à l'aise que si ce cadre avait été le sien depuis toujours. Les couleurs ténues, les grands arbres se balançant dans le vent qui chassait les troupeaux de nuages à travers le ciel, le tourbillon de l'eau entre les rochers. Tout lui semblait étrangement familier.

Elle regarda Ron, qui avançait d'un pas décidé, la tête bien droite, le regard fixé sur les cimes majestueuses.

— C'est étrange, dit-elle. J'ai l'impression de connaître ce paysage, alors que je n'ai jamais mis les pieds en Patagonie. Si je croyais à la réincarnation, je dirais que j'ai vécu ici dans une vie passée.

Sans quitter les montagnes des yeux, Ron répondit :

— Avec le temps, j'en suis venu à la conclusion que l'idée que nous nous faisons de la mémoire est peut-être erronée. Nous ne pouvons évidemment pas nous souvenir de tous les jours et toutes les heures que nous avons vécus, mais nous gardons en revanche en nous ce que notre espèce a appris depuis qu'elle est apparue sur cette terre. Je crois bien que, quelque part dans notre cerveau, subsiste le souvenir de ce qu'était la vie dans les cavernes et les bois, de même que les paysages comme celui-là, alors que nous n'avions pas encore inventé le langage pour nommer les choses. Et parfois, ces souvenirs ancestraux remontent à la surface, comme des feuilles mortes quand on remue une flaque d'eau fangeuse. Peut-être est-ce ce que vous ressentez en ce moment.

Alexia ne répondit pas. Elle se laissait bercer par le rythme de ses propres pas en savourant la sensation agréable qui l'enveloppait. Ils continuèrent de marcher pendant un long moment. Puis Ron rompit le silence :

— Alexia, je veux que vous sachiez combien je vous suis reconnaissant d'être venue jusqu'ici pour me remettre les notes de Fernando et me raconter les circonstances de sa mort. Je n'aurais pas vécu cette nouvelle épreuve de la même façon si j'avais été seul.

Alexia s'immobilisa et attendit que Ron se tourne vers elle. Ils se trouvaient au pied d'un immense araucaria qui déployait fièrement ses branches semblables à la crête d'un héron. Ron lui prit la main, et bien que son geste fût purement fraternel, elle se sentit parcourue d'un frisson indéfinissable.

— À présent, toi et moi avons perdu deux êtres chers. Fernando, que nous avons tous les deux connu et tant aimé, et Michael, que tu n'as pas connu mais qui nous unit par le biais de Fernando. Excuse-moi, je peux te tutoyer, n'est-ce pas ? Et toi, appelle-moi Ron, s'il te plaît.

Alexia sourit.

— Entendu, Ron. C'est vrai que Fernando et Michael nous unissent. Mais il y a une autre personne qui fait partie de cette histoire. Asseyons-nous ici, si tu veux bien. Et je vais t'expliquer de qui il s'agit.

Ils s'assirent sur un rocher rose à peine couvert de lichen gris.

— Comme je te l'ai dit, j'ai conservé le téléphone portable de Fernando afin de pouvoir t'appeler et appeler son père. Il y a quelques jours, j'ai reçu un appel du Mexique de la part d'une jeune Américaine du nom de Vicky Golden. Elle a connu Fernando et ils sont devenus amis. Elle m'a dit qu'elle était la... compagne de ton fils.

Ron attendit en silence qu'Alexia continue.

— C'est ce qu'elle m'a dit, en tout cas, reprit-elle. Et je l'ai crue. Je ne pense pas qu'elle aurait appelé pour me raconter un bobard. Elle avait l'air un peu affolée. Elle m'a paru très jeune, et je suppose qu'elle est tombée amoureuse de Michael au Mexique et qu'ils vivaient ensemble. Il me semble que Fernando l'a mentionnée dans ses notes, mais uniquement sous l'initiale « V ». « J'ai parlé avec V. » « V m'a raconté que Michael... » « V est inquiète. » Ce genre de choses. Tu verras quand tu consulteras le dossier. Il y a aussi une photo de Michael en compagnie d'une fille très jolie, aux cheveux noirs. Je pense que c'est elle.

Ron resta pensif.

— Je crois me souvenir que Fernando avait mentionné cette Vicky. Je vais regarder tout ça quand nous rentrerons à la maison. Tu penses qu'elle voulait que Fernando me prévienne ?

— Oui, quelque chose comme ça. Comme si elle avait voulu te donner ou te transmettre quelque chose ayant appartenu à Michael. Elle est seule à Los Cabos avec un groupe de surfeurs venus d'un peu partout. Sa famille réside aux États-Unis, et son père, d'après ce que je sais, est un rabbin ultra-religieux et très strict. Je pense qu'il n'aurait pas vu d'un bon œil sa relation avec Michael.

— Elle est toujours à Los Cabos ?

— J'ai essayé de la rappeler, comme je le lui avais promis, mais personne n'a répondu. Elle m'a dit que là-bas, les gens n'utilisent que très peu leurs portables.

— Il faut essayer encore une fois. Dis-lui que tu m'as parlé et que je vais aller là-bas un de ces jours.

— À Los Cabos ?

— Oui. C'est la compagne de mon fils, n'est-ce pas ? Et puis je voudrais voir la tombe de Michael. Et si tu es d'accord, j'aimerais bien que tu viennes avec moi, dit Ron sur un ton presque suppliant, avec cette sincérité dans la voix qui avait poussé Alexia à venir jusqu'à lui.

— Mais, je ne peux pas, je ne saurais pas…, essaya-t-elle de s'excuser tout en sachant que c'était inutile.

— Alexia, nous sommes ensemble dans cette histoire. Fernando aurait voulu que nous le fassions. Et Michael aussi, lui dit Ron en lui prenant la main comme pour la guider sur une route inconnue et incertaine.

Ils regagnèrent la maison en silence, la main dans la main. Ron parfaitement lucide, Alexia sans vraiment comprendre ce qui lui arrivait.

31

Alexia passa les jours suivants comme dans un rêve, se régalant de délices que lui préparait Aurora, se promenant dans ce paysage qui lui semblait si familier, et conversant avec Ron, cet homme dont elle se sentait plus proche chaque jour, et dont l'aplomb, les manières affables et les paroles apaisantes lui procuraient un sentiment de sécurité inconnu jusque-là. Pour la première fois de sa vie, elle se laissait guider, non pas par Ron, mais par une force plus grande, une chose indéfinissable qui, loin de l'apeurer, lui permettait au contraire d'être complètement elle-même.

Parfois, Ron s'absentait pendant plusieurs heures, et Alexia l'entendait jouer du piano dans la pièce du fond. Parfois, elle se plongeait dans la lecture d'un livre, sortait faire un tour seule, ou parlait avec Aurora. Les deux femmes avaient sympathisé et Alexia racontait à la « gentille sorcière » des anecdotes de Fernando qui la faisaient rire. Comme Fernando aurait été heureux ici, avec ces parents adoptifs que le destin avait placés sur son chemin ! Alexia n'avait jamais connu la mère de Fernando, mais elle l'imaginait aussi gentille qu'Aurora. Quant à monsieur Módena, il était pour ainsi dire l'exact opposé de Ron Davies, et Alexia avait gardé de sa rencontre avec lui un souvenir amer. Sous ses abords austères et rigides, elle sentait chez lui une peur profonde de quelque chose qu'il n'osait pas nommer, une peur de ces instincts ancestraux, interdits, que son intransigeante masculinité rejetait de toutes ses forces, mais qui devaient le tourmenter cruellement la nuit, quand ses rêves échappaient à tout contrôle.

Aurora l'invitait parfois à se joindre à elle à la cuisine et, assises à la grande table de bois polie par d'innombrables coups de torchon, elles discutaient tout en épluchant les légumes, écossant les pois, pétrissant et abaissant la pâte pour les *empanadas*.

— Je ne me souviens plus si je vous ai raconté qu'à monsieur Ron, j'ai tiré les cartes une fois, ainsi qu'à Fernando, lui dit un jour Aurora. J'ai eu peur quand j'ai vu que deux malheurs allaient survenir, mais il y avait aussi deux événements heureux. Ma grand-mère disait que, dans la vie, le bon et le mauvais finissent toujours par s'équilibrer. La mort de Fernando, tout comme celle de Michael, m'a beaucoup affectée. Je n'arrive pas à croire que je ne les reverrais pas tant que je ne monterais pas au paradis, si Dieu et la Sainte Vierge le veulent. Mais en même temps, je ne crois pas que la vie va nous laisser dans ce désarroi, sans chercher à combler ce vide. Et vous, mademoiselle Alexia, vous en pensez quoi ?

— Aurora, je n'entends rien à ce genre de choses. Je suis incapable de prédire quoi que ce soit. Si je dis qu'il va pleuvoir, il se met à faire soleil, et si je dis que telle équipe va gagner, c'est l'équipe adverse qui gagne.

Les deux femmes étaient en train de rire à gorge déployée quand Ron entra dans la cuisine.

— Pardon, s'excusa Alexia en rougissant. On ne devrait pas rire après ce qui s'est passé.

— Au contraire, dit Ron, rire, c'est respecter la vie. Chez certains peuples, on s'habille de blanc pour porter le deuil et on chante des chansons joyeuses. Parce qu'ainsi, l'âme du mort ne se sent pas coupable et peut gagner sa nouvelle demeure dans la joie.

Ron s'assit avec les deux femmes autour de la table.

— J'ai dit à Tulio de préparer l'avion pour demain. Nous partirons de bon matin. C'est un vol de plus de douze heures qui nous attend. On pourrait aller directement à Los Cabos, mais les autorités mexicaines obligent les jets privés en provenance du Sud à faire une escale à Toluca. Prépare ta valise Alexia, et s'il y a quelque chose que tu n'as pas apporté et dont tu as besoin, demande à Aurora. Elle a toujours tout ce qu'il faut sous la main.

Ce soir-là, Alexia était tellement excitée qu'elle crut qu'elle n'allait pas pouvoir dormir, comme lorsqu'elle était enfant, la veille des départs en vacances, et qu'elle dressait mentalement la liste de tous les imprévus qui auraient pu empêcher le voyage. Ce n'était qu'une absurde superstition qui consistait à imaginer le pire pour qu'il ne se produise pas. Elle se mit à passer en revue tous les contretemps possibles, mais à peine avait-elle fermé les paupières qu'elle s'endormit profondément.

Aurora vint la tirer du lit avec un maté à cinq heures du matin. Dehors, il faisait encore nuit.

— Il ne va pas faire jour avant six heures ou six heures et demie, lui dit Aurora, qui semblait lire dans ses pensées. Quand vous serez prête, venez prendre votre petit déjeuner. Monsieur Ron a déjà pris le sien.

L'avion était spacieux, et offrait toutes les commodités d'une suite de luxe. Décoré dans le même style que la Mercedes, sièges en cuir dans les tons sable et boiseries couleur miel. Les confortables fauteuils pivotants permettaient de s'asseoir autour d'une table. Dans l'entrée, il y avait des toilettes et un coin cuisine où Aurora avait entreposé divers paniers et boîtes alimentaires arrimés aux étagères par des cordons élastiques. Au fond, séparé de l'habitacle par des portes coulissantes en bois, se trouvait la chambre à coucher de Ron, équipée d'une salle de bains et d'un lit double. Sur un grand écran s'affichaient l'itinéraire et le temps de vol entre Bariloche et Toluca : 9 heures et 52 minutes. Avisant un petit vase avec des fleurs, Alexia songea : *Comme une maison volante.*

Après le décollage, et alors qu'ils faisaient route vers ce Nord qui lui avait toujours paru un monde de conte de fées, Alexia eut l'impression de retomber en enfance, ou plutôt en adolescence, dans ces années de collège où elle se retrouvait prise dans un tourbillon de changements qui s'apparentaient à une perte d'identité, où son corps et sa tête se transformaient continuellement, hésitant entre l'enfance et l'âge adulte.

Les détails raffinés du jet privé de Ron voisinant avec les objets du quotidien – bibus, tables pliantes, écrans de télévision, paniers de nourriture, fleurs – étaient pour Alexia comme une accumulation de paradoxes. Ron, comme s'il avait été chez lui, avait enfilé des pantoufles en peau de mouton et un gilet sans manches légèrement usé. Il lisait tranquillement ce qui, à en juger par la couverture, ressemblait au récit de voyage d'un Français parti à la découverte des déserts australiens. Sur la table s'étalaient les délicieuses préparations maison d'Aurora : *empanadas*, bien sûr, mais aussi petits pâtés aux œufs, escalopes de poulet panées, roulés de bœuf, petits cubes de fromage de chèvre, fruits au sirop, sablés fourrés, gaufrettes au caramel. *On croirait une fête d'anniversaire*, songea Alexia, aux anges.

Elle dormit un peu, douillettement enveloppée dans un plaid en alpaga et quand elle se réveilla, Ron avait posé son livre et contemplait le défilé neigeux des nuages à travers le hublot.

— Tu t'es reposée un peu ? lui demanda-t-il.

— J'ai dormi profondément, répondit Alexia en bâillant à s'en décrocher la mâchoire et en s'étirant comme une chatte.

— J'ai pensé à Fernando, dit Ron. Je suis heureux qu'il ait pu faire la connaissance de Michael et qu'ils soient devenus amis. Je me les représente comme deux frères, l'un blond, l'autre brun, l'un aventurier et insouciant, l'autre responsable et philosophe. Mais en même temps, j'ai l'impression d'avoir perdu deux fils à la fois.

Il fit une pause tandis que le bruit des moteurs augmentait légèrement, et Alexia se pencha en avant pour pouvoir l'entendre. Ron lui étreignit la main, et la jeune fille se sentit à nouveau parcourue par un étrange frisson.

— Je ne t'ai pas raconté ce qui est arrivé le dernier jour où Fernando était à la maison, à son retour du Mexique, pour me raconter les circonstances de la mort de Michael.

— Je n'ai pas voulu te poser de questions.

— Je t'ai dit combien je m'étais pris d'affection pour Fernando. Et Aurora aussi. Aurora a eu beaucoup de peine quand Michael est parti de la maison, et la venue de Fernando, sans être un véritable remplacement, a été pour elle un nouveau départ, une célébration de la vie. Le dernier soir, poursuivit-il, les yeux perdus dans les nuages, j'ai fait une proposition à Fernando. Je lui ai dit que j'aimerais qu'il reste vivre avec nous, qu'il serait comme un fils pour moi et moi comme un père pour lui, et que lorsqu'il aurait rencontré une compagne, elle et ses enfants feraient partie de la famille.

Alexia sentit que la main de Ron se refermait avec force autour de la sienne.

— Et c'est alors qu'il m'a dit qu'il était gay. Et qu'il n'aurait jamais de compagne au sens où je l'entendais. Qu'il espérait rencontrer un jour un homme avec qui il ferait sa vie, et qu'une fois en couple, il pourrait peut-être adopter des enfants. Mais qu'il voulait être franc avec moi et ne rien me cacher.

Alexia sourit. Ron poursuivit :

— Quand il m'a annoncé qu'il était homosexuel, j'ai eu un choc. Je ne m'y attendais pas, même si je suis doué d'une grande intuition, comme disait mon ex-épouse.

En l'occurrence, ma grande intuition s'est trouvée court-circuitée par mes sentiments. Tu sais, Alexia, on a tous tendance à projeter sur l'autre ce qu'on voudrait qu'il soit. Tu rencontres quelqu'un qui a certaines qualités physiques, spirituelles, intellectuelles, sportives, et à partir de ces quelques éléments, tu te mets à bâtir tout un édifice. Et moi, j'ai aussitôt fait de Fernando mon autre fils, différent de Michael, certes, et néanmoins complémentaire, comme si l'absence de Michael avait créé un autre Michael, à l'exact opposé du premier, comme l'eau s'oppose à l'air.

Alexia posa son autre main sur celle de Ron.

— C'est pourquoi je lui ai dit que je devais prendre le temps de réfléchir. J'appartiens à une génération où l'homosexualité était considérée comme une maladie ou un vice. De mon temps, être ouvertement, publiquement gay, était quasi inconcevable. Mais cela n'a rien changé à la façon dont je voyais Fernando. Je m'en suis rendu compte immédiatement. Cependant, j'ai préféré attendre un peu avant de le rappeler. Sauf que j'ai attendu trop longtemps.

Ron prit les deux mains d'Alexia dans les siennes et les baisa.

— Je me rappelle un poème que j'ai appris quand j'étais adolescent. De Walt Whitman, me semble-t-il : « Le bonheur n'est pas ailleurs, il est ici, il n'est pas demain, il est maintenant. » J'aurais dû graver ces mots sur la porte de ma maison.

Ici, songea Alexia, à des milliers de mètres d'altitude, *et maintenant, et peu m'importe l'heure, je suis heureuse.*

À travers le hublot, Alexia pouvait voir des espaces d'azur s'étirer, pareils à des lagunes entre les nuages, sans savoir avec certitude si l'avion survolait la terre ou la mer. De là où elle se trouvait, elle ne pouvait pas distinguer le ciel de la terre. Comme si le temps s'était arrêté, elle ne pouvait pas davantage discerner les contours du passé, du présent ou du futur. Tous ces concepts lui semblaient n'être qu'une ruse méthodologique employée par les maîtres d'école pour enseigner ce qu'est l'existence à leurs élèves, lesquels, à force de répéter leur leçon, finissaient par y croire. En s'élevant ne serait-ce qu'un peu au-dessus des tracas du quotidien, des joies et des peines, des émotions et des phobies banales, des idées acquises ou rejetées, des frontières, du monde polarisé, des *likes* et des *dislikes*, qui vous obligeaient à choisir un camp ou un autre, tout cela, vu d'ici, n'avait plus aucun sens. Y compris la vie et la mort, qui semblaient ne former qu'une seule et même chose, une convergence constante et nécessaire, une succession infinie de séparations et de retrouvailles.

32

Quand ils atterrirent enfin à Los Cabos, une voiture réservée par Tulio les attendait à l'extérieur de l'aéroport international. Plus tard, Alexia ne garderait pour ainsi dire aucun souvenir du trajet jusqu'à Cabo San Lucas, ni même de son arrivée à l'hôtel. Elle avait perdu la notion du temps quand elle se réveilla. Une pâle lumière filtrait à travers les persiennes et elle distingua des meubles en rotin, des coussins colorés et un grand panier de fruits. Elle se rendormit et quand elle se réveilla à nouveau, le soleil se déversait à flots dans la pièce, faisant tourbillonner de minuscules grains de poussière dans l'air parfumé de cèdre et de cannelle. Souvenirs de Fernando.

Elle se leva, se doucha et s'habilla, mit quelques affaires dans son sac et partit à la recherche de Ron, qui l'attendait à la réception.

— Je t'attendais pour le petit déjeuner. Tulio a réussi à joindre Vicky. Elle va venir nous voir ici même cet après-midi.

L'attente lui parut interminable. Alexia était sur des charbons ardents. Comment était Vicky ? Quelle était la vraie nature de sa relation avec Fernando ? Quelle sorte de trio formaient-ils, elle, Fernando et Michael, dans ce coin perdu du Mexique ? Elle se rappela qu'en espagnol, attente était synonyme d'espoir, et elle se sentit légèrement soulagée. Et puis Ron était à ses côtés.

Qui aurait dit qu'à travers tous ces événements tragiques et compliqués elle allait faire la connaissance de cet homme. Était-elle en train de tomber amoureuse ? Elle, Alexia, si indépendante et volontaire ? Amoureuse de Ron, cet homme fort, beaucoup plus âgé qu'elle, sûr de lui, discrètement puissant et extraordinairement bon ?

Alexia et Ron, Ron et Alexia ? Était-ce possible ?

Pour tromper son anxiété, elle proposa à Ron de sortir faire un tour pour voir à quoi ressemblait la station balnéaire. Ils se mirent à longer la promenade bras dessus bras dessous en riant à chaque pas, elle coiffée d'un chapeau de paille presque neuf et lui d'une casquette défraîchie.

— Rentrons à l'hôtel, dit Ron au bout d'un moment. Il est l'heure.

Quand ils entrèrent dans le hall, Alexia n'eut aucun mal à reconnaître Vicky. La jeune fille se tenait debout à côté de la porte, ses longs cheveux noirs noués par un bandana bleu, sa robe bleu clair faisant ressortir sa peau bronzée. Alexia alla à sa rencontre et la serra dans ses bras.

— Vicky, je suis Alexia. Et voici Ron, le père de Michael.

Vicky s'approcha de Ron et le regarda droit dans les yeux. Comme dans un film projeté en accéléré, Vicky crut voir, dans les traits de l'homme qui se tenait devant elle, un Michael ressuscité et qui aurait bien vieilli, avec les mêmes yeux quoique légèrement ridés, les mêmes cheveux ondulés, quoique parsemés de fils blancs, le même sourire irrésistible. Quand Ron parla, elle eut l'impression d'entendre la voix de Michael et elle frémit.

— Merci, très chère enfant, lui dit Ron. Merci pour tout. Merci pour avoir rendu Michael heureux. Et merci pour ton amitié et ton affection pour Fernando.

Vicky se jeta dans les bras de Ron et ce dernier lui caressa les cheveux. Ils restèrent ainsi enlacés pendant ce qui sembla une éternité à Alexia. Comme si lui aussi l'avait senti, Ron relâcha Vicky et prit la main d'Alexia, puis commença à se diriger vers la salle à manger, qui était presque vide.

Assis dans un coin tranquille, ils se mirent à parler à bâtons rompus, chacun se livrant sans réserve aux deux autres, évoquant ses peurs, ses espérances, ses souhaits, ses sentiments, sa joie et sa gratitude. Ils parlèrent des futures visites de Vicky en Argentine, de l'aide que Ron était prêt à lui apporter au cas où elle souhaiterait racheter l'hôtel Majestic, créer une entreprise de pêche en mer, ouvrir un restaurant.

— Je veux rester ici, dit Vicky sans détour. Là où j'ai connu Michael. Je sais que leur souvenir à tous les deux m'aidera à survivre. Michael et Fernando sont mes anges gardiens.

Ensuite, Vicky leur proposa de les amener au cimetière de Cabo San Lucas, sur la tombe de Michael.

— J'ai tout arrangé pour que nous puissions y aller tous les trois demain matin. C'est le meilleur moment. Michael aimait bien les premières heures du jour. Il disait que c'est dans ces moments-là que tout est possible.

Ce soir-là, tandis qu'Alexia et lui dînaient dans le luxueux hôtel Hacienda, Ron dit :

— Je crois que Vicky sera bien ici : elle a trouvé son chez-soi dans le monde, et elle n'est pas seule, contrairement à ce que nous pensions. Elle a de bons amis, elle connaît des tas de gens et tout le monde l'aime bien. Tu as vu comme ils lui sourient tous…

Ils étaient assis autour d'une petite table basse dans la suite de Ron. Il s'était servi un verre de Glenfiddich et avait proposé du champagne à Alexia, mais celle-ci avait refusé et pris une tequila. « On est au Mexique, après tout ! »

— Et donc, Michael était un peu comme toi, un défenseur de la nature… un « guerrier de l'écologie », comme les appelait Fernando.

— Je ne suis pas un guerrier, Alexia, contrairement à Michael, mais plutôt un général à la retraite, un homme qui a changé ses stratégies entrepreneuriales en quelque chose de… plus pacifique et de plus beau.

Il sourit.

— Fernando était avant tout un homme intègre : avec lui-même et avec le monde autour de lui, fit remarquer Alexia.

Ron la regarda dans les yeux.

— Dès le premier instant où je l'ai vu, alors qu'il avait le pied coincé sous un rocher, dans la rivière qui traverse ma propriété, j'ai compris que Fernando était un garçon intègre, incapable de mentir. Avec un sourire espiègle, il ajouta : À l'exception d'un ou deux détails sans importance. Comme le fait qu'il était journaliste et qu'il était venu dans le but d'écrire un article sur moi.

Alexia resta un instant perplexe, puis s'enhardit à demander :

— Tu veux dire que tu le savais ?

— On ne peut pas devenir un homme d'affaires prospère si on n'est pas capable de reconnaître quand les gens vous mentent et quand ils vous disent la vérité, ou si on n'a pas un ou deux contacts dans les médias. De là, on peut tirer des conclusions, évaluer les causes et les conséquences, connaître les processus mentaux des uns et des autres. C'est peut-être bien la meilleure preuve que nous appartenons tous à la même espèce : nous utilisons tous les mêmes outils pour survivre. Et les mêmes stratégies.

Ron prit une longue gorgée de whisky et fit tinter les glaçons dans son verre.

— Aussi bien dans les affaires que dans les relations personnelles, nous employons les mêmes ruses. Comme on disait quand j'étais jeune : « À l'amour comme à la guerre. »

Alexia, qui se sentait visée, s'empourpra. Ron soutint son regard.

— Alexia, je suppose que tu sais quels sont mes sentiments pour toi. Maintenant, nous voilà embarqués dans cette aventure dans le but d'honorer la mémoire de nos morts qui, à coup sûr, auraient voulu que nous trouvions la paix et le bonheur dans notre vie future. Tu as apporté la joie et le rire dans ma vie, et même l'émerveillement, chose que, comme la plupart des adultes, j'avais perdue depuis longtemps. Aujourd'hui, je crois que je pourrais reprendre à mon compte cette phrase célèbre : « Le problème, c'est que nous cherchons quelqu'un auprès de qui vieillir, alors que le secret du bonheur, c'est de trouver quelqu'un avec qui on peut rester un enfant. » Et c'est comme cela que je me sens avec toi, comme un enfant prêt à découvrir le monde.

Ron fit une pause et baissa les yeux. Alexia comprit ce qu'il n'osait pas lui dire, ou ne savait pas comment lui dire. Avec lui, elle se sentait comme lorsqu'on rentre à la maison après un long voyage épuisant. Elle s'était retrouvée elle-même. La petite fille en elle n'avait plus besoin de cacher ses sentiments, de feindre le détachement ou l'indépendance, de se mettre en quête d'un être qu'elle pourrait protéger et choyer. Plus maintenant. Car désormais, il ne s'agirait peut-être plus que de marcher côte à côte sur la promenade, avec un regard neuf, en souriant au soleil.

— Je peux t'embrasser ? lui demanda Ron.

Alexia n'eut pas besoin de lui répondre : son visage s'illumina et ses yeux se mirent à briller. Ron se leva, l'attira à lui, et l'embrassa passionnément. Alexia se laissa faire, puis, comme si la fougue de Ron l'avait enflammée, lui rendit son baiser, longuement, et avec la même ferveur.

33

Le lendemain matin, sous un ciel annonciateur de pluie, Tulio les conduisit au cimetière à bord d'un minibus. L'aspect dépouillé de l'endroit surprit Alexia : deux ou trois clusiers et des tombes presque toutes en ruines. On aurait dit un paysage antique, abandonné, comme si la nature que Ron défendait avait cherché à récupérer à tout prix le monde des humains et son obsession du temps passé.

« Nous sommes le présent, semblait dire ce paysage qui n'avait rien de funèbre. Les pierres retournent aux pierres ; les fleurs aux buissons ; la végétation aux forêts. Et la chair à la terre. »

Sur la modeste pierre tombale on pouvait lire :

MICHAEL DAVIES 13/02/1984-03/10/2010

« TOUTE L'OBSCURITÉ DU MONDE NE SAURAIT VAINCRE LA LUMIÈRE D'UNE PETITE FLAMME. »

Vicky avait choisi comme épitaphe une citation de saint François d'Assise que Michael lui avait souvent répétée, tantôt avec sérieux, tantôt sur le ton de la plaisanterie, et aussi, parfois, après avoir fait l'amour, à la lumière d'une bougie.

Alexia avait apporté la gravure qu'elle avait trouvée sur le bibus de Fernando, sans savoir que ce dernier, avec la permission de Ron, l'avait prise dans la chambre de Michael en Patagonie. Elle l'avait emportée, comme une sorte de talisman, pour avoir quelque chose de Fernando avec elle. Elle sortit la gravure de saint François et le loup de son sac et la posa sur la tombe.

Ron eut un choc en la reconnaissant, mais il garda le silence devant ce geste qu'il interpréta comme un signe de l'au-delà pour rapprocher les deux amis.

C'est à cet instant, alors qu'il tenait par la main les deux jeunes et jolies femmes, les seuls êtres capables de partager son deuil et son chagrin, que le miracle se produisit.

Vicky approcha la main qu'il tenait dans la sienne et la posa sur son ventre.

— C'est votre petit-fils. La doctoresse m'a dit que c'était un garçon. Ce sera un athlète, comme son père, j'en suis sûre.

Et tandis que Ron sentait palpiter la vie à travers l'étoffe de sa robe, Vicky ajouta :

— Il s'appellera Michael Fernando.

Les yeux de Ron se remplirent de larmes.

— Un fils de Michael ? Un petit-fils… pour moi ?

— Oui, dit simplement Vicky. Et j'ai attendu que nous soyons ici pour vous l'annoncer, pour que nous puissions partager cet instant avec Michael.

Ron la prit dans ses bras, puis l'écarta de lui pour pouvoir l'observer attentivement. Un grand sourire illumina les traits de cet homme à l'air sévère et réservé.

— C'est le miracle que j'attendais et qui était annoncé.

Ron leva les bras et prenant Vicky et Alexia par les épaules, les attira contre son cœur comme pour les abriter de la bruine qui avait commencé de tomber. Puis, enlacés et unis par l'amour comme par le chagrin, tous les trois prirent le chemin du retour.

Ils n'avaient pas fait dix pas dans l'allée pierreuse que la brume du Pacifique les enveloppa, tel un cortège gris et silencieux qui les aurait suivis jusqu'ici en observant une distance respectueuse.

Ron n'aurait su dire si les minuscules gouttelettes qui se déposaient sur son visage provenaient de la mer ou du ciel, si c'étaient des larmes de chagrin ou de joie.

Ce manteau de brume marine, humide, doux et salé, était la délicate consolation que leur offrait l'océan incommensurable que son fils avait tant aimé, comme s'il avait voulu préserver pour toujours le sourire de Michael.

Je te bénis au nom du Seigneur et je prie pour ta félicité et la beauté que tu apportes à la vie de l'autre. À travers ton amour coule le Divin et quand tu aimes, tu répands le Divin sur l'autre. L'amour est la présence de Dieu. Dieu et l'Amour ne font qu'un. C'est pourquoi, quand tu aimes, tu apportes Dieu dans la vie de l'être aimé.

David R. Hawkins

L'Amour est l'énergie la plus pure et la plus transformatrice de l'univers. Autour de lui tous les miracles sont possibles et fréquents. Au-delà de l'amour il n'y a que l'obscurité et le silence.

Alejandro G. Roemmers

Le retour du Jeune Prince

A. G. ROEMMERS

Un jeune homme errant sur une route de Patagonie est recueilli par un automobiliste. L'adolescent est le prince d'une contrée lointaine qui explore l'univers. Dans les paysages désertiques et sauvages, les deux voyageurs, si différents, engagent un dialogue abordant avec simplicité les grandes questions de l'existence. Au fil de leurs aventures, chacun apprend à écouter le cœur de l'autre et à tenter de trouver le vrai sens de la vie. Ce voyage se transforme peu à peu en une véritable quête spirituelle. Et, au bout de ce chemin, il y a le secret d'un mystère que nous passons parfois une vie entière à chercher : le bonheur…

Un délicieux conte philosophique moderne sur le sens de la vie.

city-editions.com

Achevé d'imprimer en mars 2021
sur les presses de la Nouvelle Imprimerie Laballery
58500 Clamecy
Numéro d'impression : 102339

Imprimé en France

La Nouvelle Imprimerie Laballery est titulaire de la marque Imprim'Vert®